山椒大夫

森鷗外 著
高詹燦 譯

目次

總序

幡：日本近代的文學旗手

楊照

認識日本的近代文學，一定會提到夏目漱石。夏目漱石在一九〇〇年到英國留學，三年後，一九〇三年回到日本。具備當時極為少見難得的留學資歷，夏目漱石一回到日本就受到文壇的特別重視。在成為小說創作者之前，夏目漱石已經先以評論者的身分嶄露頭角，取得一定的地位。

一九〇七年夏目漱石出版了《文學論》，書中序文用帶有戲劇性誇張意味的方式如此宣告：

……我決心要認真解釋「什麼是文學？」，而且有了不惜花一年多時間投入這個問題的第一階段研究想法。（在這第一階段中，）我住在租來的地方，閉門不出，將手上擁有的所有文學書籍全都收藏起來。我相信，藉由閱讀文學書籍來理解文學，就好像以血洗血一樣（，絕對無法達成目的）。我發誓要窮究文學在心理上的必要性，為何誕生、發達乃至荒廢。我發誓要窮究文學在社會上的必要性，為何存在、興盛乃至衰亡。

這段話在相當意義上呈現了日本近代文學的特質。首先，文學不再是消遣，不再是文人的休閒娛樂，而是一件既關乎個人存在，也關乎社會集體運作的重要大事。因為文學如此重要，所以也就必須相應地以最嚴肅、最認真的態度來看待文學，從事一切與文學有關的活動。

其次，文學不是一個封閉的領域，要徹底了解文學，就必須在文學之外探求。文學源於人的根本心理要求，也源於社會集體的溝通衝動。弔詭地，以文學論文學，反而無法真正掌握文學的真義。

夏目漱石之所以凸出強調這樣的文學意念，事實上，他之所以覺得應該花大力氣去研究並書寫《文學論》，是因為當時日本的文壇正處於「自然主義」和「浪漫主義」兩派熱火交鋒的狀態，雙方尖銳對立，勢不兩立。夏目漱石不想加入其中的任何一方，更重要的，他不相信、不接受那樣刻意強調彼此差異的戰鬥形式，於是他想繞過「自然主義」及「浪漫主義」，從更根本的源頭上弄清楚「文學是什麼」。

日本近代文學由此開端。從十九、二十世紀之交，到一九八〇年左右，這條浩浩蕩蕩的文學大河，呈現了清楚的獨特風景。在這裡，文學的創作與文學的理念，或者更普遍地說，理論與作品，有著密不可分的交纏。幾乎每一部重要的作品，背後都有深刻的思想或主張；幾乎每一位重要的作家，都覺得有責任整理、提供獨特的創作道理。在這裡，作者的自我意識高度發達，無論在理論或作品上，他們都一方面認真尋索自我在世界中的位置，另一方面認真提供他們從這自我位置上所瞻見的世界圖象。

每個作者、甚至是每部作品，於是都像是高高舉起了鮮明的旗幟，在風中招搖擺盪。這一張張自信炫示的旗幟，構成了日本近代文學最迷人的景象。

針對日本近代文學的個性，我們提出了相應的閱讀計畫。依循三個標準，精選出納入書系中的作品：第一，作品具備當下閱讀的趣味與相關性；第二，作品背後反映了特殊的心理與社會風貌；第三，作品帶有日本近代文學史上的思想、理論代表性。也就是，書系中的每一部作品都樹建一竿可以清楚辨認的心理與社會旗幟，讓讀者在閱讀中不只可以藉此逐漸鋪畫出日本文學的歷史地圖，也能夠藉此定位自己人生中的個體與集體方向。

導讀

跨越形式與時間的文學力量

楊照

說森鷗外是日本近代文學的開端，絕不誇張。他身上具備了一切日本從傳統過渡到現代的條件。

森鷗外出生於一八六二年，也就是德川幕府外有西洋勢力壓境，內有要求「王政奉還」的「倒幕」運動侵擾的劇變時期。森鷗外家是封建藩主的「世醫」，所以從小就一面修習傳統的漢文漢詩，一面接觸古典醫書。然而在明治維新的改革大浪濤中，森家立即選擇投身現代潮流，讓森鷗外十二歲就虛報年齡進入「第一大學區醫學校」。十九歲本科畢業後，森鷗外又選擇了當時最先進、最有前途的領域，成了帝國軍隊的軍醫。靠著優異的學習成就，以及過人的語言天分，森鷗外又取得了公費到德國留學的機會。

一八九四年，中日甲午戰爭爆發，森鷗外也以「第二軍兵站部軍醫部長」的身分參戰，接著又在接收台灣的過程中，一度隨樺山資紀總督被派到台灣來，待了四個月的時間。

可以這樣說，在那個快速變化的時代，森鷗外一直都站在歷史的關鍵現場，參與了日本轉型的每個階段。

到了一九〇七年，四十五歲的森鷗外到達了軍醫生涯的頂峰，當上了等同於中將階級的陸軍軍醫總監，然而也就在這樣的高層地位上經歷了複雜的人事鬥爭，使得森鷗外萌生退意。從軍醫身分淡出，森鷗外找到了人生新的熱情寄託，那就是當時方興未艾的新文學運動。

雖然早在一八九〇年代初期，森鷗外就發表過小說處女作〈舞姫〉，並參與了和坪內逍遙針對「文學理想性」的論爭，不過畢竟要到不再忙於軍醫事業，森鷗外才能以慶應大學文學科顧問的身分，偕同創辦了《三田文學》雜誌，積極參與文學活動。

而這時日本的文壇，正處在兩種激烈震盪衝擊中，一種是累積了對於西洋文學的足夠理解，一群文友們正興致勃勃摩拳擦掌要擺脫傳統的約束，創作西方式的文學作品，在舊與新之間擺盪著；另一種是出於對於文學態度與立場的討論，生出了「自然主義」和「浪漫主義」的對立。

森鷗外的年紀，和他特殊的背景，使得他不可能在這兩場爭執中抱持極端、堅定的態度，他是這種情境下自然的、天生的折衷主義者。

收在《山椒大夫》小說集裡的作品，正就是這種折衷主義立場上的產物。對於傳統與現代的折衷，對於「自然主義」和「浪漫主義」的折衷。

小說〈山椒大夫〉取材自古典劇目「安壽與廚子王丸」，然而在改寫時，森鷗外自覺地抱持著「源自歷史卻同時脫離歷史」的方法意識，也就是表面上說的是古老的故事，反映了古老時代的背景與戲劇轉變，但是骨子裡的人情互動，卻不需要執守既有的歷史內容，可以也應該附加現代的認知與理解。像〈山椒大夫〉這樣的悲劇，脫離歷史之後，凸顯出普遍的貧窮人家心情，以及深刻的姊弟感情。

同樣也設定為歷史背景的〈高瀨舟〉，運用了過去才有的運送囚犯情境，目的卻不在重建傳遞舊式的人情互動，而是藉由護送役羽田對於殺弟犯人喜助的好奇，引發出現代人同樣需要思考的根本問題：人為何常感不滿？又如何衷心領受滿足的喜悅？法律所規定的殺人犯行，沒有其曖昧錯亂之處嗎？為了救人反而造成人的死亡，和殺人是同一件事，應該接受相同的懲罰嗎？

這也是傳統和現代的弔詭折衷統合。在舊式傳統的情境下，反而更能夠刺激我們思考現代生活經常遭遇的根本問題。

〈雁〉是三篇中唯一一篇設定在現代背景的小說，因而其折衷協調的，是「自然主義」與「浪漫主義」。一方面小說中對於各個角色的描寫，尤其是阿玉和末造，都刻意強調他們的社會關係與社會處境，結尾處也冷靜地動用了陰錯陽差的偶然環境因素來決定了阿玉和岡田的愛情結果，看起來都符合「自然主義」小說的原則，連前後的第一人稱慵懶敘述的口氣，也呼應了「私小說」的慣習。然而，這篇小說最精采、最迷人之處，畢竟在於阿玉的心理轉折，她如何經歷了兩次不理想的婚姻，而自我鍛鍊了足夠自信，生出自主戀愛的勇氣與決心，這樣的主題與呈現，又當然是「浪漫」的。

對於近代文學的摸索中，森鷗外以其傑出的短篇小說，示範了擺脫特定框架後，文學的豐沛變化可能性，並彰顯了文學跨越形式、跨越時間持續感動人心的內在力量。

山椒大夫

經過越後春日前往今津的道路，一群罕見的旅人行走其上。年逾三十的母親帶著兩個孩子同行，姊姊十四歲，弟弟十二歲。一位年約四十歲的女侍隨行在一家人身旁，她替疲憊不堪的姊弟倆打氣道：「就快到客棧了。」鼓勵他們繼續走下去。兩個孩子當中的姊姊拖著沉重的雙腳，但她生性好強，不想讓母親和弟弟看出她的疲憊，不時會像突然想起似的展現出輕快步伐。要說他們看起來像是走近路到寺院參拜，倒也煞有其事，但他們頭戴斗笠、手拄枴杖，十足的遠行旅人打扮，任誰看了也覺得稀奇，甚至感到同情。

一路上，可以看見斷斷續續的農家風景。雖然道路有不少砂石，但在秋日的好天氣下充分乾燥，而且當中攙雜著黏土，所以地面緊實，不像走在海邊時腳踝會令人頭疼地整個陷進沙裡。

幾間茅草屋頂的屋舍並排成一間大宅院，四周柞樹環繞，一行人正好來到這夕陽餘暉灑落之處。

「哎呀，你們看，好美的楓紅。」走在前方的母親指向不遠處，對孩子說道。

孩子望向母親手指的方向，不發一語，於是女侍接話：「樹葉都染紅成這樣，也難怪早晚的氣溫轉涼。」

姊姊突然轉頭望向弟弟說：「真想早點到達父親所在的地方。」

「姊，還有很長一段路要走呢。」弟弟伶俐地回答。

母親像在曉以大義般說道：「就是說啊。像我們之前走過的山頭，還得再翻越好幾座，而且得一再搭船渡河過海。每天都要打起精神，乖乖趕路才行。」

「可是人家想早點到嘛。」姊姊說。

一行人暫時安靜了下來，默默往前走。

一名女子扛著空桶迎面走來，是從鹽田返回的挑水婦[1]。女侍向她喚道：「請問一下，這一帶有供旅人住宿的人家嗎？」

挑水婦停下腳步，朝著主從四人打量了一遍後說：「哎呀，真遺憾。你們偏

1 挑水婦：負責挑海水製鹽的工作。

偏在這種地方過夜。我們這裡沒有可供旅人住宿的人家。」

女侍接著說：「真的嗎？為什麼這裡的民情如此冷漠？」

兩個孩子看見大人交談越來越熱絡，好奇地湊向挑水婦身旁，與女侍形成三人態勢，將挑水婦包圍在其中。

「不，我們這裡是信徒眾多、民風良善的地方，只是國守[2]頒布了規定，這也是沒辦法的事。在那兒，」挑水婦說完，伸手指向剛剛走來的路上，「就寫在那裡。你們走到那座橋，就會看見那裡立著告示牌。聽說上頭寫得很清楚，近來有不法的人口販子在這一帶遊蕩。若提供旅人住宿，將會被問罪。附近的七戶人家也會遭到連坐處分。」

「這可真讓人為難。我們有孩子同行，走不了多遠。能否幫我們想想辦法？」

「這個嘛。等你們走到我工作的鹽田那一帶，應該都天黑了。只能在那一帶找個適合的地方露宿了。我想，你們在那裡的橋下過夜應該比較好。河灘上有許多高大的木材，立著靠向岸邊的石牆。那是從荒川上游一路沖下來的木材。白天時，孩子們會在底下遊玩，它的深處一片漆黑，連陽光都照不到。如果是那裡，風也吹不進去。我住在鹽田主人的家，就是那片柞樹森林。等入夜後，我帶稻草和草蓆去給你們吧。」

母親原本獨自站在遠處聆聽兩人對話，這時來到挑水婦身旁說道：「能遇上您這樣的好心人，真是我們的福氣。我們就到那兒過夜吧。想向您借稻草和草蓆一用。至少希望能讓孩子用來鋪地或是蓋在身上。」

挑水婦一口答應，往柞樹森林走去。主從四人急忙趕往橋所在的位置。

*

一行人來到橫跨荒川的應化橋邊。果真如挑水婦所言，立著嶄新的告示牌。

2 國守：地方官的最高首長。

上頭所寫的國守規定，也和挑水婦說的一模一樣。

如果是人口販子四處遊蕩，大可直接追查他們即可。不讓旅人在此地落腳，使得旅途中遇上天黑的人們不知道何去何從，國守為何要訂下這樣的規定呢？真是多管閒事，思慮欠周。但看在以前的人們眼中，這就是規定。而孩子們的母親來到設下這種規定的土地，也只能感嘆自己太不走運，並未進一步細想這規定是對是錯。

橋邊有一條小路，可以順著向下通往河灘處洗衣服，也確實有許多木材立在石牆上。一行人循著石牆，鑽進木材下方。男孩覺得有趣，率先鼓起勇氣走進裡頭。

走進深處後，有一處宛如洞穴的場所。底下橫放著高大的木材，看起來就像鋪了木頭地板一般。

男孩走在前方，站向橫放的木板上，走進最深處大聲喊道：「姊，快點過來。」

姊姊戰戰兢兢的來到弟弟身旁。

「哎呀，請等一下。」女侍喚道，放下背上的包袱。她取出更換用的衣服，叫來兩個孩子，把衣服鋪在角落，讓他們母子三人坐下。

母親坐下後，兩個孩子分從左右兩側緊緊抱住她。母子三人打從離開位於岩代信夫郡的老家至今，也曾睡過雖是在屋內、卻比今天這木材遮蔭處更像野外的場所。對於這諸多不便，他們已逐漸習慣，並不引以為苦。

女侍從包袱中取出的不光只是衣服，還有她貼心攜帶的食物。她將食物擺向母子三人面前說道：「我不能在這裡生火。要是被歹徒發現可就糟了。我到那位鹽田主人的家中要些熱水，順便借些稻草和草蓆回來吧。」

女侍不辭勞苦的離去，兩個孩子開心地吃起爆米香和水果乾。

半晌，傳來有人走進木材遮蔭處的腳步聲。母親喚道：「是姥竹嗎？」姥竹是女侍的名字，母親語畢，心裡起了疑問，若說女侍已去過柞樹森林又返回，動作未免也太快了。

走進裡頭的是年約四十的男子。他骨架健壯，全身沒有贅肉，隔著皮膚幾乎可以數出每一塊肌肉，宛如象牙雕刻人偶般好看的臉龐滿溢著笑容，手中還握著佛珠。他就像走在自己家中般踩著自然的步履，走到母子三人躲藏的地方，接著一屁股在他們坐著的木材邊坐下。

母子三人吃驚地望著他，他看起來不像壞人，所以他們並不感到害怕。

男子說道：「我名叫山岡大夫，是一個船員。最近有人口販子在這一帶遊蕩，所以國守不准百姓提供旅人住宿。看來，國守似乎沒能耐逮捕人口販子，可憐了旅人。於是，我想挺身幫助旅人。幸運的是，我家離幹道遙遠，就算偷偷留人住宿，也不必顧忌會被人看見。我四處到旅人可能會露宿的森林或橋下尋找，截至目前為止，已帶了許多人回去過。我看到妳家的孩子在吃零食，這種東西沒辦法果腹，而且吃多了傷害牙齒。我家雖然無法提供多豐盛的款待，但至少可以招待你們吃芋粥。請不要顧慮，儘管跟我走吧。」男子並非極力邀約，而是像在自言自語。

孩子的母親仔細聆聽，此人不惜違背規定也要助人，這份令人感激的厚意令她深受感動。於是她說：「聽聞此言，便明白閣下用心良苦。明明規定不能借人住宿，卻還向您借住，這樣或許會給屋主您惹麻煩，我對此頗為掛懷。但是，姑且不論我個人，若能給孩子們吃碗熱粥，在有屋頂的房子過夜，我一輩子也不會忘記您這份恩情。」

山岡大夫頷首，「真是一位通曉事理的夫人啊。既然這樣，我馬上就替你們帶路。」他一說完，就準備起身。

母親一臉歉疚地應道：「請稍等一下。我們有三人要勞煩您關照，這樣就已經很過意不去了，但有件事實在難以啟齒……其實我們還有一名同伴。」

山岡大夫豎起耳朵，問道：「還有一名同伴？是男是女？」

「是與我們同行、負責照顧孩子的女侍。她說要去討點熱水，順著幹道往回折返約一里遠。應該不久就回來了。」

「女侍是吧。既然這樣，那就等她回來吧。」山岡大夫深不可測地沉著臉龐，不知為何顯露喜色。

*

此地為直江海濱。朝陽仍隱遁在米山背後，藏青色的汪洋之上覆著一層薄霧。

船老大讓一群客人上船，正忙著解開纜繩。船老大即是山岡大夫，客人則是昨晚在山岡大夫家過夜的主從四人。

在應化橋下遇見山岡大夫的母親和兩名孩子，等女侍姥竹用缺角的瓶子裝熱水返回後，便在山岡大夫的帶領下到他家借宿。姥竹雖然面露不安之色，但還是跟著山岡大夫走。山岡大夫讓他們四人在幹道南方松林裡的草屋住下，請他們吃芋粥。接著問他們來自何處，欲往何方。母親先讓疲憊不堪的孩子就寢，在微弱的燈光下，向屋主道出自己的身世：「我出身岩代，丈夫前往筑紫後，遲遲未歸，於是我帶著兩個孩子前往找尋。姥竹是打從小女出生時便一直在身邊照顧我們的女侍，由於她無依無靠，所以也跟著我們一起展開這趟既漫長又不安的旅程。

「雖然一路來到這裡，但想到要前往遙遠的筑紫，我們這樣簡直可說是才剛離家不遠。接下來是該走陸路，還是海路好呢？您是船員，一定知道遠方郡國的事。請您指點迷津吧。」孩子的母親如此請託道。

山岡大夫就像被問到他再清楚不過的事一樣，毫不猶豫建議她走海路。

「如果走陸路，在進入鄰國越中的交界處，有一處名為「親不知子不知」[3]的險峻之地。重重大浪打向陡峭的岩石底端，旅人得先躲進山崖的洞穴裡，等候浪潮退去，再迅速從狹窄的岩石下方小徑飛奔而過。這時父母無法回頭照顧孩子，

3　親不知子不知：位於新潟縣糸魚川市西端，一處山崖相連的地帶。「親不知子不知」的意思是指父母和孩子彼此都無暇顧及彼此。

而孩子也沒辦法看顧父母。那是海邊的一處險要之地。翻過山頭後，還有危機四伏的險峻山路，只要腳下所踩的石頭稍有不穩，便可能墜身千丈谷底。在前往西國的路上，不知道還會有多少險地。而走海路就不同了，它顯得安全許多。只要找一位可靠的船老大，不管是百里，還是千里之遙，一概都到得了。我雖然無法前往西國，但認識各郡國的船老大，所以能載你們上船，改搭前往西國的船隻。明天一早，我馬上就載你們上路吧。」山岡大夫若無其事地說道。

天將亮時，山岡大夫催促主從四人離開。這時，孩子的母親從小提袋掏出銀兩想支付房錢。

山岡大夫勸阻道：「我不收房錢，不過，妳這放有銀兩的重要提袋，我替妳保管。」又說：「重要的物品，住客棧時要交給客棧老闆保管，坐船時則是交由船老大保管。」

孩子的母親自從一開始答應要借宿後，對於屋主山岡大夫所說的話只能言聽計從。山岡大夫不惜破壞規定也要供他們留宿，她對此很是感激，但她對山岡大夫還不到完全信任的地步，並非他說什麼都照單全收。之所以會演變成現在這種局面，是因為山岡大夫的話語中，有一種逼迫他人接受的強悍，孩子的母親無法抗拒。之所以無法抗拒，只因心裡存有一絲恐懼。但母親並不認為自己害怕山岡大夫，她尚未清楚明白自己的心思。

母親在無可奈何的心境下上了船。大海平靜無風，兩個孩子望著平緩如鋪上藍色毛毯般的水平面，因感到珍奇而滿心雀躍。姥竹打從昨天離開橋下到此刻坐上船，臉上的不安之色始終不曾消失。

山岡大夫解開纜繩，往岸邊一推，船便搖搖晃晃地駛離開來。

*

山岡大夫沿著岸邊南行，朝越中邊界的方位行駛了一會兒。霧氣緩緩散去，水面波光粼粼。

沒有房屋佇立的岩石下方，浪潮淘洗著砂石，將刺松藻和褐藻都沖上了岸。

那裡停著兩艘船，船老大一見山岡大夫，便向他叫喚：「如何，有嗎？」

山岡大夫舉起右手，彎起大拇指，逕自將船駛近。彎起大拇指是一種暗號，意指有四個人。

站前頭的船老大，人稱宮崎三郎，是越中宮崎人。他張開左手拳頭。右手比的是貨物的暗號，左手比的是錢的暗號，意思是五貫文錢[4]。

「讓你見識我的闊氣。」另一名船老大如此說道，左臂倏然一伸，張開手掌，接著豎起食指。這名男子人稱佐渡二郎，他出六貫文錢。

「你這搶生意的傢伙。」宮崎大叫一聲，霍然站起。

佐渡也擺好架式應道：「想搶先的人是你吧。」兩艘船一個斜傾，船舷打向水面。

山岡大夫冷眼打量著兩名船老大，「別急。你們兩邊都不會空手而回的。為了不讓客人坐得擁擠，我讓他們兩兩各坐一艘。運費就照之後談妥的價錢照比例分帳。」說完後，山岡大夫轉頭望向客人，「好了，一艘船各坐兩個人，上船吧。這兩艘船都是開往西國的便船。說到船速，如果載重過重，船可就跑不動了。」

兩個孩子坐宮崎的船，母親和姥竹坐佐渡的船，山岡大夫牽著他們的手，帶他們上船。宮崎和佐渡將幾文錢塞進山岡大夫手中。

「您請屋主代為保管的提袋呢？」正當姥竹拉著主人的衣袖詢問時，山岡大夫突然將自己的空船往外推。

「那我就此告辭了。將各位從可靠的人手中交到另一個可靠的人手中，就是我的工作。祝各位一路順風。」急促的搖櫓聲響起，眼看山岡大夫的船就此遠颺。

母親向佐渡問道：「你們會走同樣的路線，抵達同一座港口對吧？」

4 日本的貨幣單位，一貫等於一千文錢。

佐渡與宮崎互望一眼後，朗聲大笑。接著佐渡說：「蓮華峰寺的住持說過，只要坐上菩薩發願普渡眾生的渡船，就會同抵彼岸。」

兩名船老大就此不發一語地划船前行。佐渡二郎往北行，宮崎三郎往南行。

「怎麼會這樣？」母子主從四人驚呼連連，船隻卻漸行漸遠。

母親發狂似的雙手搭在船舷上，撐起身子大喊：「事已至此，也沒辦法了。我們只能就此道別。安壽，妳要保管好守護神地藏王菩薩的佛像。廚子王，你要收好你父親給你的護身短刀。希望你們兩人永不分開。」安壽是姊姊，廚子王是弟弟。

孩子們就只是一味地喊著：「母親、母親！」

兩艘船逐漸遠離。後方只看得見兩個孩子張著嘴巴，就像嗷嗷待哺的雛鳥般，聽不到他們的聲音。

姥竹向佐渡二郎喚道：「喂，船老大，喂！」但佐渡不予理會，姥竹最後甚至還一把抱住他那幾乎跟赤松樹幹一樣粗的腿。「船老大，這到底是怎麼回事？

要我這樣活生生和小姐、少爺分開，我能去哪裡呢？夫人也和我一樣。今後她將倚靠什麼來生活呢？請把船駛回那艘船的方向。我求您了。」

「囉嗦！」佐渡往後踢了一腳。姥竹倒臥在甲板上，一頭凌亂的頭髮披散在船舷邊。

姥竹坐起身，「看來是到此為止了。夫人，請您原諒。」語畢，她縱身一頭跳入海中。

「喂！」船老大叫了一聲，伸長手臂要抓住她，但慢了一步。

母親脫下外衣，遞到佐渡面前，「這雖然不是什麼上等貨，但還是送您當謝禮，謝謝您的關照。我就此告辭了。」話一說完，她也伸手搭向船舷。

「蠢蛋！」佐渡一把揪住她的頭髮，將她拉倒在地，「我哪會讓妳也跟著送死啊。妳可是我重要的貨物呢。」

佐渡二郎拉出纜繩，一圈又一圈纏在母親身上，讓她躺臥在地。接著一路往北而去。

＊

宮崎三郎載著不斷喊「母親、母親」的姊弟，沿著岸邊往南而行。「別再叫了！」宮崎喝斥道：「就算水底的魚兒聽見了，那娘兒們也聽不見。那兩個娘兒們應該會前往佐渡，被安排去驅趕啄食小米的鳥兒吧。」

姊姊安壽和弟弟廚子王相擁而泣。他們一直以為，儘管離開故鄉，展開漫長的旅行，至少還能和母親在一起。沒想到此刻被迫分離，不知該何去何從。兩人的胸中滿是悲苦，他們還不知道這場別離會對自己往後的遭遇帶來多大的改變。

中午時，宮崎拿出麻糬來吃。也各給安壽和廚子王一人一個。兩姊弟拿著麻糬，卻不想吃，就只是互望著彼此流淚。入夜後，宮崎替他們蓋上草蓆，兩人在草蓆底下哭著入睡。

就這樣，兩人在船上生活了幾天。宮崎在越中、能登、越前、若狹等各地兜售。

兩人雖然年幼，但看起來身體虛弱，一直沒人想買。就算偶爾出現買家，最後價錢還是談不攏。宮崎漸漸感到惱火，開始喝斥他們「要哭到什麼時候啊」，並動手毆打。

宮崎的船行遍各地，最後來到丹後的由良港。在這裡一處叫石浦的地方，有位名喚山椒大夫的富豪，他擁有廣大的宅邸，並派人在田裡種植稻麥、在山裡狩獵、在海裡捕魚，還自行養蠶紡織，並派各種工匠製造鐵器、陶器、木器。只要有人要賣，不管再多他都肯買。之前只要宮崎有其他買家都不肯買的貨物，就會帶來山椒大夫這裡。

山椒大夫的奴僕總管來到港口，馬上用七貫文錢買下安壽和廚子王。

「哎呀，總算處理掉這兩個小鬼，頓時輕鬆多了。」宮崎三郎如此說道，把拿到的錢揣入懷中，隨即走進碼頭的酒店。

*

山椒大夫的大宅院立著一根根無法雙手環抱的屋柱，裡頭的大廳設有一座六尺見方的地爐，正燒著炭火。對面疊放著三張座墊，山椒大夫倚著憑肘几而坐。他的兒子二郎、三郎，猶如狛犬[5]分立左右兩旁。山椒大夫原本有三個兒子，但太郎在十六歲那年目睹父親親手對企圖逃亡而被捕的奴僕燒上烙印後，突然一聲不吭地離家出走，下落不明。那已是距今十九年前的事了。

奴僕總管將安壽、廚子王帶到山椒大夫面前，並吩咐他們兩人鞠躬。

兩個孩子似乎沒聽到奴僕總管說的話，只是雙目圓睜地望著山椒大夫。今年快滿六十歲的山椒大夫，那宛如塗上紅漆的紅潤臉龐，配上寬大的額頭、方正的下巴，頭髮和鬍鬚都閃著銀光。兩個孩子並不害怕，反倒覺得很不可思議，朝他的臉不住地端詳。

山椒大夫說：「你買來的孩子就是他們嗎？聽說和你平時買的奴僕不同，是很稀奇的孩子，不知道該讓他們做什麼好，所以才特地叫你帶過來看，原來是兩個臉色蒼白的瘦弱孩童。連我也不知道該讓他們做什麼好。」

一旁的三郎開口說話了。他雖是家中老么，今年也已經三十歲。「爹，從剛才的觀察來看，儘管叫他們鞠躬，他們也沒照做，更不像其他僕人那樣報上自己的姓名。雖然外表看來柔弱，其實很堅韌。剛開始工作時，向來都是男人砍柴，女人挑海水。就比照辦理吧。」

「少爺說的是，他們也沒告訴我自己叫什麼名字。」奴僕總管說。

山椒大夫出言嘲笑，「我看他們像傻蛋。那我來幫他們取名吧。姊姊就叫含辛茹苦的『垣衣』[6]，弟弟就叫作忘記自己名字的『萱草』[7]。垣衣到海邊工作，一天挑三擔鹽水。萱草則是到山上去，一天砍三擔木柴。看在你們身體瘦弱的分上，每擔可以輕一些。」

---

5 狛犬：既像獅子又像狗的日本神獸，經常是成對立於神社或寺院入口處。

6 垣衣：日文為「しのぶぐさ」，字面意思為「忍耐草」。

7 萱草：日文為「わすれぐさ」，字面意思為「忘草」。

三郎說：「這已經算是很大的體恤了。喂，奴僕總管，快點帶他們下去，發工具給他們。」

奴僕總管帶著兩名孩子到新人小屋，拿水桶和木勺給安壽，拿竹籠和鐮刀給廚子王，並給了兩人用來裝飯的飯盒。新人小屋和其他奴僕居住的地方並不相同。

奴僕總管離開時，天色已暗。小屋沒有一絲燈火。

＊

隔天清晨，天氣無比冷冽。由於昨晚小屋事先備好的棉被過於骯髒，廚子王找來了草蓆，就像之前在船上用草蓆當被蓋一樣，兩人就這樣蓋著入睡。

廚子王按照昨天奴僕總管的吩咐，帶著飯盒前往廚房領取飯菜。屋頂和散落地面的稻草上都布滿寒霜。廚房是一處大土間[8]，已有許多奴僕前來等候。男女領飯的地點不同，但廚子王想同時領自己和姊姊的飯菜，所以挨了一頓罵。他保證從明天起，他們會各自前來領飯，這才除了飯盒外，又加領了裝在飯碗裡的米飯，以及木碗裝的熱水，一共兩人份。米飯是加了鹽巴炊煮而成。

姊弟倆吃著早飯，堅強聊起自己的未來。既然遭遇了這樣的事，除了向命運低頭外，也別無他法。接著姊姊前往海邊，弟弟則是朝山路而行。一同走出山椒大夫宅邸的第三木門、第二木門、第一木門，兩人踩著寒霜，分別往左右而行，頻頻回顧。

廚子王攀登的是由良嶽的山麓，他從石浦略微往南而行，砍柴的地方則離山麓不遠。他行經到處都是紫色岩石外露的場所，來到一處寬廣的平地。此地雜樹濃密。

廚子王站在雜樹林中，環顧四周。但他不懂該如何砍柴，遲遲無法著手，一

---

8 土間：日式住宅入門處沒鋪木板地的黃土地面。

臉茫然地坐在朝陽照耀下開始融霜、宛如座墊般的落葉上，虛耗時光。他好不容易重振精神，但才砍了一、兩根樹枝就傷了手指。於是他再度坐在落葉上，心想，連在山上都這麼冷，前往海邊的姊姊，想必海風吹來更是冷冽，不禁獨自潸然淚下。

待日上中天後，其他樵夫背著木柴下山來到山麓，從他身旁經過時，向他問道：「你也是山椒大夫的奴僕嗎？你一天砍幾擔柴啊？」

「我一天應該要砍三擔柴，但還沒砍到。」廚子王坦白地回答。

「如果是一天砍三擔柴，只要在中午前砍滿兩擔就行了。砍柴得像這樣。」樵夫放下自己背後的重擔，馬上替他砍了一整擔柴。

廚子王重新振作精神，終於在中午前砍滿了一擔，下午接著又砍了一擔。

前往海邊的姊姊安壽，順著河岸往北而行。她來到挑海水的場所，但她同樣不懂如何汲取海水。她暗自在心中激勵自己，但才一放下木勺，便被浪潮捲走了。

一旁汲取海水的女人迅速幫她撿回木勺，並對她說：「汲取海水不是這樣。來，我教妳怎麼做。妳要用右手拿木勺這樣撈起海水，然後用左手的木桶接。」在女人的指導下，終於汲取了一擔。

「謝謝您。託您的福，我好像明白該怎麼做了。我也自己試看看吧。」安壽學會了汲取海水的方法。

天真的安壽很喜歡身旁汲取海水的女子。兩人一同吃午飯，互道自己的身世，自此以姊妹相稱。女子是出身伊勢的小萩，是從二見海浦[9]買來的女孩。

第一天的工作情形就像這樣，上頭吩咐姊姊要完成的三擔海水、弟弟要完成的三擔木柴，都各在別人幫忙完成一擔的情況下，於天黑前順利達成工作要求。

＊

9　二見海浦：位於三重縣東部伊勢灣的海岸。

姊姊挑海水，弟弟砍柴，這樣的生活日復一日。姊姊在海邊關心弟弟，弟弟在山上掛念姊姊，等天黑後回到小屋，兩人便手牽著手，互訴彼此是何等思念人在筑紫和佐渡的父母，說完便哭，哭完又接著說。

十天過去，離開新人小屋的日子終於到來。一旦離開小屋，男僕會納入男僕組，女僕則是納入女僕組。

兩人說他們死也不願分離，奴僕總管向山椒大夫稟報此事。

山椒大夫道：「說什麼蠢話。男僕就帶往男僕組，女僕就帶往女僕組。」

奴僕總管接獲命令，正準備離開時，二郎在一旁叫住他，並對父親：「若是照您的吩咐，將他們拆散，也未嘗不可，不過兩個孩子說他們死也不願分開。正因為是蠢蛋，或許真的會死也說不定。即使砍的柴少，挑的海水不多，那都無妨，但如果折損人力，就是我們的損失了。我來幫他們想個好方法吧。」

「說得也是。我也不想造成損失。一切就交給你全權處理吧。」山椒大夫如此說道，臉轉向一旁。

二郎命人在第三木門處搭了一座小屋，將姊弟倆安置在此。

某天黃昏時分，兩個孩子一如往常，聊著父母的事。二郎剛好路過，聽見他們的對話。二郎經常巡視宅邸，查看有沒有強悍的奴僕凌虐弱小的奴僕，或是發生爭吵、偷竊的情況，好及時加以管束。

二郎走進小屋，對兩人說道：「雖然你們思念父母，但佐渡離此甚遠。筑紫更是遙遠。不是小孩子到得了的地方。如果想見你們的父母，就等你們長大吧。」說完便轉身離去。

過沒多久，某天向晚時分，兩個孩子又聊起了父母的事。這次是三郎路過聽見。三郎喜歡捕捉睡夢中的鳥兒，常手持弓箭，在宅邸內的樹叢間巡視。

兩個孩子每次提及父母，總會談到該怎麼辦才好，由於太想和父母見面，他們會討論各種方法，說些不切實際的話。今天姊姊提到：「說什麼如果不等到我們長大，就沒辦法遠行，這種事不用說也知道。我們就是想做這種無法辦到的事。不過我仔細想過後，覺得我們不可能兩人同時逃離這裡。你得自己一個人逃走，不要管我。你先前往筑紫找父親，問他該怎麼做才好。然後再到佐渡接母親回來。」很不巧，三郎剛好聽到安壽的這番話。

三郎手持弓箭，冷不防地走進小屋，「喂，你們在討論逃走的事吧？企圖逃走的人，會被燒上烙印。這是這座宅邸的規矩。燒紅的鐵很燙哦。」

兩個孩子嚇得臉色發白。安壽來到三郎面前說道：「剛才那是說著玩的。就算我弟弟獨自逃走，又能逃到哪裡去呢？只是因為太想見父母一面，才會說出那樣的話來。之前我也說過，要和弟弟一起變成鳥兒飛去見爹娘。這純粹是我信口胡謅。」

廚子王說：「我姊姊說得沒錯。我們兩人時常像剛才那樣，說些不可能辦到的事，以此排解對父母的思念之情。」

三郎來回打量兩人的神情，沉默了半晌。

「哼，就算是隨口亂說也一樣。你們兩人在一起說些什麼話，我可是聽得一清二楚哦。」三郎說完後，轉身離去。

當天晚上，兩人畏懼不安地入睡。不知道睡了多久，他們突然聽到某個聲響，雙雙醒了過來。自從住進這座小屋後，便允許點燈。姊弟倆藉著微弱的燈光一看，發現三郎站在他們枕邊。三郎突然挨近，雙手分別抓住兩姊弟的手，將他們拖出門口。兩人仰望蒼白的月亮，被拉著走過之前晉見山椒大夫時來過的寬敞長廊，接著登上三級臺階，通過走廊，繞了好長一段路，走進之前見過的大廳。許多人不發一語地站在那裡，三郎將兩人拖到炭火燒得熾紅的地爐前。兩人打從被帶離小屋時，便一直喊著「請饒了我、請饒了我」，但三郎始終默不作聲，一直拉著他們走，最後兩人也跟著閉口不語。地爐對面疊放著三片座墊，山椒大夫坐在上頭。他的紅臉在左右兩側焚燒的火炬反照下，紅豔得猶如火燒。三郎從炭火中抽出燒得赤紅的火筷，拿在手上端詳良久。一開始宛如透明般火紅的熱鐵，逐漸變得泛黑。三郎一把拉過安壽，想將火筷抵在她臉上。廚子王緊緊抱住三郎的手肘。三郎將他踢倒在地，用右膝抵住他，最後終於用火筷在安壽的額頭烙上十字。安壽的慘叫聲劃破在場的沉寂，向外擴散開來。三郎接著撞開安壽，一把拉起身下的廚子王，同樣用火筷在他額頭烙上十字。廚子王新響起的哭聲，攙雜在姊姊已變得微弱的哭聲中。三郎拋開火筷，像一開始帶他們進這座大廳時一樣，再度抓住兩人的手。他環視在場眾人後，繞過寬敞的主屋，拖著兩人來到那三級的臺階處，將他們推下冷冰冰的土地。兩個孩子差點因創傷的疼痛和內心的恐懼而昏厥，但還是忍了下來，沒去任何地方，直接返回位於第三木門的小屋。倒在床鋪上的兩人有好一段時間像死屍般一動也不動，但過沒多久，廚子王突然大叫：「姊，快拿出地藏王菩薩像。」安壽馬上坐起身，取出貼身的護身符袋。她以顫抖的手解開繩索，從袋子中取出佛像，安放在枕邊。兩人分列左右磕頭。行刑時就算緊緊咬牙還是難耐的額頭痛楚，此時突然完全消失。他們以手掌輕撫額頭，發現連傷痕也不見了。兩人為之一驚，就此醒來。

兩個孩子坐起身，聊起剛才的夢境。原來他們在同一時間做了同樣的夢。安壽取出佛像，像夢裡一樣將它放在枕邊。兩人朝佛像膜拜，透過微弱的燈光，看見地藏王菩薩的額頭。在白毫[10]的左右兩旁，明顯可以看到像是用鑿子雕出的十字傷痕。

＊

兩個孩子自從被三郎偷聽到他們的談話，當天晚上做了可怕的夢之後，安壽的模樣便有了很大的改變。她顯得神情緊繃，眉間總會擠出皺紋，雙眼不時凝視遠方，而且變得沉默寡言。之前黃昏時分從海邊回來後，她總會等待弟弟從山上返回，和他長談良久，但現在就連這種時刻，她也同樣話不多。廚子王很擔心，問她：「姊，妳是怎麼了？」安壽回答道：「我沒事，你放心。」還刻意擠出笑容。

10　白毫：長在佛的眉間處，會發出光芒的白毛。

安壽的改變就只有這點，她說起話來很正常，做事也一如平時。但廚子王見過去都會和他互相安慰的姊姊變成這副模樣，心中滿是難受，偏偏又無人可傾訴。兩個孩子的心境變得比以前更加孤寂。

白雪時降時停，年關已近。奴僕們皆停止外出，改為在家中工作。安壽紡紗，廚子王搗稻草。搗稻草不需要練習，但紡紗則是項困難的工作。每到晚上，伊勢的小萩就會前來幫忙，從旁指導。安壽不只對弟弟的態度轉變，連對小萩也一樣寡言，時常冷冷淡淡。但小萩並未因此生氣，她似乎能體恤安壽，依舊經常陪在她身旁。

山椒大夫的宅邸木門也立了門松[11]。但這裡的新年沒有任何豪華的慶祝，山椒家的女人也都深居簡出，所以完全沒半點熱鬧氣氛。不過家中上上下下都在喝酒，就只有奴僕小屋裡會引發爭吵。平時只要一有爭吵，便會遭受嚴厲的責罰，但在這個時候，奴僕總管都睜隻眼閉隻眼。有時就算受傷流血，他也裝作沒看見。即便有人遭殺害，也不當一回事。

至於冷清的第三木門小屋，只有小萩不時會來找他們。彷彿要將女僕小屋的熱鬧氣氛帶來這裡一般，小萩說話的時候，陰沉的小屋也染上了春意，就連最近模樣古怪的安壽，臉上也浮現難得一見的笑容。

三天過後，家裡的工作又開始忙碌了。安壽紡紗，廚子王搗稻草。安壽現在紡紗的技術已相當熟練，就算晚上小萩前來，幾乎也都不必幫忙了。儘管安壽模樣變得不同，對於從事這種一再反覆的安靜工作，卻完全沒有影響，反而越投入工作越能化解原本鑽牛角尖的內心，為她帶來心靈的平靜。不能像以前一樣和姊姊聊天的廚子王，見小萩陪同在紡紗的姊姊身旁和她說話，覺得放心許多。

*

11　門松：新年在門前裝飾的松樹或松枝。

轉眼已來到春江水暖、草木蓬勃的時節。從明天起，又要開始展開外頭的工作了。二郎巡視宅邸，順道來到第三木門的小屋詢問：「狀況如何？明天可以出外工作嗎？許多人都生病了。光聽奴僕總管說的話，不清楚是怎樣的狀況，所以我今天親自巡視各個小屋。」

正在搗稻草的廚子王本想回答，但話還未說出口，安壽已搶先一步，停止紡紗的工作，迅速來到二郎面前，與她近來的模樣大不相同。

「有一件事想拜託您成全。我想和弟弟在同一個地方工作。請您安排讓我和他一同上山。」安壽蒼白的臉龐泛起紅暈，雙眼炯炯生輝。

姊姊的模樣再次發生改變，廚子王對此頗感驚詫，而且她事先完全沒和自己商量，就突然說她要去山上砍柴，這也令廚子王驚訝莫名，只能瞪大眼睛緊盯著姊姊瞧。

二郎也沒回話，就只是靜靜凝視著安壽。安壽一再重複說道：「我沒別的請求，就只求您這件事。請讓我上山工作。」

沉默一陣後，二郎開口：「在這座宅邸，要讓哪個奴僕做哪項工作，是很重大的事，向來都由我父親決定。不過，垣衣，妳這項請求，看來是經過深思的決定。我接受妳的請託，會居中協調，讓妳能上山工作。妳儘管放心吧。話說回來，你們兩個小孩能平安撐過冬天，真是太好了。」語畢，二郎便離開小屋。

廚子王擱下木杵，靠向姊姊身邊問：「姊，妳是怎麼了？妳要和我一起上山工作，我很開心，但妳為何要突然提出請求呢？為什麼不先和我商量？」

姊姊臉上散發喜悅的光彩，「也難怪你會這麼想，不過，在看到那個人之前，我原本也沒想到要提出這樣的請求。真的是臨時興起這個念頭。」

「是嗎？那可真奇怪。」廚子王望著姊姊，就像在看什麼稀奇的東西。

奴僕總管帶著竹籠和鐮刀前來，他說：「垣衣，聽說妳不必再去挑海水了，改為上山砍柴，我帶來妳的工具。但也要帶走水桶和木勺。」

「有勞您了。」安壽輕盈地站起身，交還水桶和木勺。

奴僕總管接過後，卻沒有要回去的意思，臉上露出一種近似苦笑的神情。他聽從山椒大夫一家的命令，就像聽從神明降旨一般，就算再怎麼殘酷無情的事，也會徹底執行，毫不躊躇。然而，他並非天生喜歡看人受苦、哭喊。如果事情能順利進行，不必目睹這種事發生，他也樂觀其成。剛才他那宛如苦笑般的表情，就是在明白不得不為難他人而得採取某種言行時，顯現在臉上的神色。

奴僕總管對安壽說：「但我得先辦一件事。其實，讓妳上山砍柴，是二郎少爺向大夫老爺提議所做的安排。當時三郎少爺也在場，他說，既然這樣，就把垣衣扮成少年，讓她上山工作。大夫老爺笑著說這主意好，所以我得帶走妳的頭髮。」

廚子王在一旁聆聽這段話，宛如刺進了他的胸口。他眼中噙著淚水，望向姊姊。

沒想到安壽臉上的喜悅之色完全沒消失，「一點都沒錯。既然要去砍柴，那我也算是男人。請用這把鐮刀割下我的頭髮。」她一說完，就在奴僕總管面前伸出後頸。

安壽一頭烏黑亮麗的長髮，經鋒利的鐮刀一劃，輕鬆地割了下來。

＊

隔天一早，兩個孩子背起竹籠，腰間插著鐮刀，手牽手走出木門。自從來到山椒大夫的宅邸後，他們這還是第一次一起行走。

廚子王猜不透姊姊的心思，落寞悲傷的思緒塞滿胸臆。昨天在奴僕總管離去後，廚子王也用了各種話語百般詢問，但姊姊獨自一人若有所思，始終沒向他言明一切。

來到山麓時，廚子王再也按捺不住，開口說道：「姊，我已經好久沒像這樣和妳走在一起，心裡高興極了，但也覺得悲傷。儘管我牽著妳的手，卻無法面向妳，望著妳那剃光的腦袋。姊，妳有事瞞著我，在打什麼主意，對吧？為什麼不說給我聽呢？」

安壽今天早上同樣喜上眉梢，就像散發毫光一般，大眼睛炯炯生輝。但她不回答弟弟的問話，就只是朝緊握弟弟的手加重了力道。

在上山處有一座沼澤。岸邊和去年一樣，枯萎的蘆葦雜亂橫生，路邊野草在泛黃的葉片間冒出綠芽。從沼澤畔右轉往山上走去，有一座從岩石縫隙間湧出的清泉。路過此地後，接下來會順著右邊的岩壁，走上蜿蜒的山路。

朝陽正好照向整面岩壁。安壽發現，在風化相疊的岩石間有一株扎根在縫隙裡的小小紫堇花，綻放了花朵。她指著花叫廚子王看，並對他說：「你看，春天到了。」

廚子王默默頷首。姊姊胸中藏著祕密，弟弟心裡懷抱憂愁，所以兩人無法展開談話，說出的話就像水滲進了沙地裡，瞬間中斷，無法連續。

廚子王來到去年砍柴的樹林一帶，就此停步，「姊，就在這一帶砍柴。」

「我看，我們到更高的地方試試吧。」安壽帶頭，快步朝上走。廚子王訝異地緊隨在後。沒多久，他們來到比雜樹林還要高出許多、堪稱是外圍小山的山頂。

安壽站在該處，靜靜凝視南方。她的目光順著行經石浦注入由良港的大雲川，來到上游，接著移往間隔約六尺遠的河流對岸，最後落在從茂密樹林中露出塔尖的中山[12]。「廚子王，」她叫喚弟弟，「我從很久以前就常若有所思，也不像平時那樣和你說話，你覺得很奇怪吧。今天大可不必砍柴了，你仔細聽我說。小萩是從伊勢被賣來這裡，她告訴了我從她故鄉來到此地的路。只要翻越中山，離京都就不遠了。要前往筑紫很困難，而折返渡海前往佐渡，也不是件簡單的事，但你一定到得了京都。自從和母親一起離開岩代後，我們總是遇上可怕的壞人，但人只要開了運，或許就會遇上好人。接下來你要拿定主意，逃離這個地方，前往京都。在神佛的指引下，倘若遇上好人，或許就能得知前往筑紫的父親目前的下落，也能去迎接被送去佐渡的母親。竹籠和鐮刀就丟了吧，只帶飯盒前去就行了。」

12 中山：地名。現在的舞鶴市中山。

廚子王默默聆聽，淚水順著臉頰滑落，「姊，那妳打算怎麼辦？」

「你不必管我，你自己一個人做的事，就當作是和我一起完成的吧。等你見到父親，帶母親離開那座島之後，再來救我。」

「不過，我要是離開，妳會受苦的。」廚子王心中浮現被烙印的可怕夢境。

「或許我會遭受凌虐，但我會忍下來。他們不會殺害自己花錢買來的女僕。你走了之後，他們應該會要我做兩人份的工作吧。我會在你告訴我的樹林裡多砍一些木柴，就算砍不滿六擔，也會砍個四、五擔。好了，我們下山到那個地方去吧，然後把竹籠和鐮刀擱在那裡，我再送你到山麓去。」語畢，安壽率先往山下走去。

廚子王遲遲拿不定主意，一臉恍惚的跟著走下山。姊姊今年十五歲，弟弟十三歲，不過女人比較早熟，而且就像被什麼附身似的，變得聰慧精明，所以姊姊說的話，廚子王完全無法違抗。

下山來到樹林處，兩人將竹籠和鐮刀擱在落葉上。姊姊取出佛像，交到弟弟手上，「這是重要的守護佛像，在下次重逢前，先交由你保管。你就把這尊地藏王菩薩當作是我，和護身短刀放在一起，要妥善保管。」

「可是，姊，妳沒有護身佛像不行啊！」

「不，比起我，你更會遭遇危險，所以才要將護身佛像交給你保管。晚上沒見你回去，他們一定會派出追兵。不管你再怎麼趕路，也跑不了多遠，一定會被追上。你要順著剛才看到那條河的上游，前往一處叫和江的地方，只要小心別被人發現，越過對面的河岸，離中山就不遠了。抵達那裡之後，進入那座看得見高塔的寺院，請他們讓你藏身。在那裡躲一陣子，待追兵離去後，再離開寺院。」

「可是寺院裡的和尚肯讓我藏身嗎？」

「不知道，這就得看運氣了。如果你能開運，寺裡的和尚就會讓你藏身。」

「說得也是。姊，妳今天說話，就像神佛一樣。我拿定主意了，我要照妳說的去做。」

「你肯聽我的話就好。和尚是好人，他們一定肯讓你藏身。」

「沒錯。我也漸漸有這種感覺。只要逃走，就能前往京都，也能見到父母。還能到這裡接妳離開。」廚子王和姊姊一樣，眼中散發光芒。

「好了，我們一起到山麓去吧，快來。」

兩人急忙下山而去。步伐和先前截然不同，姊姊狂熱的情緒就像暗示般，傳到了弟弟身上。

來到了清泉流瀉之處。姊姊取出和飯盒一起戴在身上的木碗，舀了一碗清水。「這是祝賀你出門離家的清酒。」說完後喝了一口，遞給弟弟。

弟弟將碗裡的水一飲而盡，「既然這樣，姊，請妳保重。我一定會小心不讓人發現，前往中山。」

廚子王一口氣衝下那只剩十步遠的坡道，順著沼澤來到幹道。接著走在大雲川的河岸邊，快步往上游而去。

安壽站在清泉畔，望著在松林間忽隱忽現的背影，直到背影變小，再也看不見為止。明明已將近正午時分，她卻沒有要上山的意思。所幸今天山上這個方位沒看到有人砍柴，也沒人發現安壽一直站在坡道上虛擲時光。

之後山椒大夫家派出追兵，前來搜尋這對姊弟，在這處坡道下方的沼澤邊拾獲一雙小小的草鞋，是安壽的鞋。

火把的火影紛亂地閃動著，大批人馬湧入中山國分寺的山門。帶頭者是山椒大夫的兒子三郎，他腰間佩帶著一把白色刀柄的長刀。

三郎站在正殿前朗聲道：「我乃石浦山椒大夫家的人。有人親眼看到大夫的一名僕人逃進這座山中。他能藏身的地方，除了寺內之外，別無他處。馬上把人交出來。」

隨行的大批人馬也跟著吆喝道：「快點，把人交出來！把人交出來！」

從正殿前方到山門外，一路上都是寬闊的石板地。此時石板地上全擠滿了三郎的手下，個個手持火把。而住在院內的人，不分僧俗，幾乎全都聚集在石板地左右兩側。當追兵在門外叫囂時，佛殿和僧房裡的人全都納悶發生了何事，跑出來觀看。

起初追兵站在門外大喊開門時，許多僧人擔心一旦開門讓他們入內，他們會肆意胡來，因而不想開門。是住持曇猛律師[13]下令開門。此時三郎一直大聲嚷著：「把逃走的僕人交出來！」正殿卻依舊大門緊閉，悄靜無聲。

三郎氣得直蹬地，同一句話重複說了兩、三遍。手下也有人喚道：「和尚，到底怎麼了？」當中還夾雜著笑聲。

好不容易，正殿大門終於緩緩開啟，是曇猛律師親自開門。律師身穿偏衫[14]，不顯任何威儀，背對著長明燈的微光，昂然立於正殿臺階之上。搖曳的火光照亮他高大健壯的體格、粗黑的雙眉、方正的臉龐。律師只有五十多歲的年紀。

律師緩緩開口。喧鬧的追兵一見律師這番姿態，都閉口不語，所以律師的聲音傳遍各個角落。「你們是來搜查逃脫的下人對吧。本山要是沒有老衲的吩咐，便無法留人。老衲不知道此事，本山沒有這樣的人。姑且不談此事，你們三更半夜手持刀槍，大批人馬湧入本寺，叫嚷著要我們開山門。老衲一時還以為是國內發生大亂，或是朝廷出了叛賊，這才打開山門。結果是什麼？原來是在追捕您府上的下人？本山乃天皇御賜的寺院，山門懸掛天皇親筆題字的匾額，七重塔內收藏的是宸翰金字[15]的經文。你們在此地放肆，國守將會受朝廷問罪。若向總本山東大寺告狀，不知道京都方面會如何裁示。您仔細想清楚，勸您還是早點離去得好。聽老衲的話準沒錯，這是為你們好。」語畢，律師緩緩關上門。

三郎瞪視著正殿的大門，氣得咬牙切齒。但他沒勇氣破門而入。他的手下就像樹葉因風吹而沙沙作響般，開始竊竊私語起來。

這時有個人朗聲說道：「那名逃走的下人，是個十二、三歲的孩童對吧。如果是的話，我知道他人在哪裡。」

---

13 律師：僧人的位階名稱。

14 偏衫：有袖子的上半身僧衣。

15 宸翰金字：宸翰是天皇親筆所寫的文件。各座國分寺皆供奉聖武天皇用金字親筆書寫的《金光明最勝王經》。

三郎為之一驚，望向這名發話者。他是一位長相貌似父親山椒大夫的老頭，是這座寺院的鐘樓看守人。老頭接著道：「我中午時站在鐘樓上，看見那名孩童路過土牆外，快步往南走去。雖然體型瘦弱，但步履輕盈，應該已經走很遠了。」

「這就對了。才半天的時間，小鬼能去哪些地方，想也知道。繼續追！」三郎如此說道，就此折返。

大批高舉火把的隊伍步出寺門，行經土牆外往南而去，鐘樓看守人從鐘樓上目睹這一幕，哈哈大笑。附近的樹林中，兩、三隻烏鴉原本好不容易平靜下來，正準備入睡，聽到笑聲後又驚嚇得振翅飛了起來。

＊

隔天，不少人從國分寺前往各處。前往石浦的人，打聽到安壽投水的消息。

前往南方的人，則是聽聞三郎率領的追兵來到田邊便折返了。

兩天後，曇猛律師離開寺院，朝田邊而去。他帶著一口像臉盆般大的鐵缽，拄著跟手臂一般粗的錫杖。後頭跟著剃成光頭、身穿袈裟的廚子王。

兩人白天時在幹道上行走，夜晚則在各地的寺院投宿。來到山城的朱雀野後，律師在權現堂休息，與廚子王道別。

「你要好好保管這尊守護佛像，一定能得知你父母的消息。」律師吩咐完後便轉身離去。廚子王心想，師父這番話，和已故的姊姊說的話一樣。

來到京都的廚子王，一副僧人模樣，因而得以在東山的清水寺投宿。

他在籠堂[16]就寢，隔天一早醒來後，一名身穿公卿便服、頭戴烏帽、下身穿著和服褲的老翁站在他枕邊，說道：「你是誰家的孩子啊？如果你身上帶著什麼重要的物品，請讓我見識一下。我為了祈求女兒的病早日痊癒，昨晚前來這裡參

16　籠堂：供信眾到寺裡參拜住宿用的佛堂。

拜留宿。結果神明託夢告訴我，睡在左邊格子門旁的孩童，身上有一尊守護佛像，可以向他借來參拜。今天一早，我來到左邊格子門這裡，就看到了你。請告訴我你的身世，並借我守護佛像膜拜。吾乃關白師實[17]。」

廚子王道：「我是陸奧掾正氏[18]之子。家父十二年前前往筑紫的安樂寺，就此一去不返。家母帶著那年剛出生的我，以及三歲的姊姊，住在岩代的信夫郡。待我長大後，家母為了找尋家父，帶著我和姊姊踏上旅程。我們來到越後時，遇上可怕的人口販子，家母被賣往佐渡，姊姊和我則被賣往丹後的由良。我姊姊命喪由良。我帶在身上的守護佛像，就是這尊地藏王菩薩。」語畢，廚子王取出守護佛像讓老翁觀看。

師實接過佛像，先抵向額頭行禮。接著將佛像翻來翻去，仔細端詳後說道：「這是我素聞已久、無比尊貴的放光王地藏菩薩的金身啊。是從百濟國渡海而來，由高見王[19]供奉家中。你家代代持有這尊佛像，足見你出身不凡。先皇仍在位的永保[20]初年，平正氏因國守違反律令而遭到連坐處分，被貶往筑紫，你一定就是他的兒子。如果你想還俗的話，應該會賜你繼承令尊的職位。你就暫時先到我家作客，和我一起回我的府邸吧。」

關白師實的女兒其實是養女，在先皇身邊服侍，她原本的身分是師實妻子的姪女。這位嬪妃久病不癒，但自從借來廚子王的守護佛像膜拜後，馬上不藥而癒。

師實讓廚子王還俗，親自為他加冠。同時派使者帶著赦免狀到正氏貶官之所，向他問安。但當使者前往時，正氏早已過世。已經成年、改名正道的廚子王，為之長吁短嘆，身形憔悴。

---

17 關白師實：藤原師實（一〇四二—一一〇一）是日本平安時代公卿，藤原賴通的兒子。關白是官名，為朝廷的最高官位。

18 陸奧是國名，掾是律令制下的官名。

19 高見王：生卒年不詳，桓武天皇之孫，其子高望王獲賜平姓，在關東發展並長住。

20 永保：白河天皇時代的年號。

在該年秋天的任官儀式中，正道受命擔任丹後國守。這是遙授[21]的官職，不必親自前往統治地區，而是派判官[22]加以治理。不過，國守的第一項政績，就是禁止丹後一國的人口販賣。因此山椒大夫也只能釋放所有男女僕役，並支付工資。大夫家看似蒙受極大損失，但從這時候起，不論是農作還是工匠技藝，都比先前更加興盛，所以大夫一家漸漸變得更為繁榮。國守的恩人曇猛律師升任僧都[23]，而曾經照顧過國守姊姊的小萩，則是被送回故鄉。之後，他們在安壽的喪命處舉行隆重的弔祭，並在她投水身亡的沼澤畔建了一座尼姑庵。

正道先做了這些改革，接著他特地向朝廷告假，微服前往佐渡。佐渡的國府位於一處名為雜太的地方。正道前往該地，請當地官差於佐渡國內四處察訪，但遲遲無法查明母親的行蹤。

某天，正道左思右想，為此苦惱，獨自離開旅館，走在市街上。不知不覺間，遠離了原先屋舍櫛比鱗次的場所，來到一處田間小路。晴空萬里，豔陽高照。正道邊走邊在心中暗忖：「為什麼查不出母親的下落呢？難道是因為我交由官差去調查，不是自己親身探訪，神佛對此感到不悅，而刻意不讓我遇見母親嗎？」這時，他不經意地望見一座大宅院。宅院南側斑駁的樹籬內，有一片將地面夯實闢成的廣場，上頭鋪滿了草蓆。草蓆上晒著收割好的小米。正中央坐著一名衣衫襤褸的婦人，手握長竹竿，驅趕前來啄食的麻雀。婦人以唱歌般的語調喃喃自語著。

不知為何，正道深受婦人所吸引，駐足觀望。婦人蓬亂的頭髮布滿灰塵。端詳她的面容後，發現她是名盲人。正道覺得她很可憐。不久，正道逐漸習慣女子的喃喃自語，聽出她所說的詞句。正道宛如染上瘧疾般，全身簌簌發抖，熱淚盈眶。因為婦人一直喃喃說著這樣的詞句：

21 遙授：即是被任命職位，卻不必前往任國，而是派代理人前往統治。
22 在律令制中，國司的四等官分別為守、介、掾、目。當中的三等官掾，又名判官。
23 僧都：僧人的官職，地位僅次於第一的僧正。

思念我的安壽啊，哎呀呀。
思念我的廚子王啊，哎呀呀。
鳥兒如果也有生命，
就快快逃走吧，我不驅趕。

正道一臉陶醉，對這詞句聽得入迷。接著，他的五臟六腑宛如為之沸騰般，很想張口發出野獸般的咆吼，但他咬緊牙關強忍了下來。正道馬上像鬆開緊縛全身的繩索般，奔進樹籬內。他踩散一地的小米，低頭跪倒在婦人面前。他右手舉起守護佛像，在低頭跪地時，將佛像抵向前額。

婦人明白不是麻雀，而是有個巨大之物前來踢亂這一地的小米。她停止吟唱那唱慣的詞句，以她看不見的雙眼靜靜注視前方。這時如同乾癟的貝肉因泡水而變得膨脹飽滿般，她的雙眼竟然變得溼潤了。婦人張開眼睛。

「廚子王！」這聲叫喊從婦人口中迸發而出。兩人緊緊相擁。

高瀬舟

高瀨舟是在京都的高瀨川上下往返的小船。在德川時代，當京都的罪犯被判處遠島之罪[24]時，會傳喚當事人的親人到獄中，讓他們在獄中道別。然後，高瀨舟會載著罪犯繞往大阪。此時隨行護送的，是隸屬京都町奉行[25]麾下的同心[26]。依照慣例，同心會准許一位最主要的親人陪同罪犯搭船前往大阪。這並非通報過上級的公開之事，而是睜隻眼閉隻眼的默許行徑。

當時判處遠島之罪的罪犯，當然都是經認定犯了重罪的人，但絕大多數並非是為了偷竊而殺人放火的凶惡之人。乘坐高瀨舟的罪犯，泰半都是一時想法偏差，意外犯下罪行。舉個常見的例子，像是企圖殉情、殺了女方後卻自己獨活的男人，就算這一類的人。

高瀨舟載著這類的罪犯，在晚鐘敲響的時刻駛出。它望著兩岸黑黝黝的京都住家，往東而去，橫越加茂川後，一路順流而下。船上的罪犯和親人徹夜傾訴自己的遭遇，總是不斷重複後悔莫及的話語。負責護送的同心在一旁聆聽，也就清楚明白家中出了一名罪犯的親戚、家屬所遭遇的悲慘處境。對於平時只會在町奉行所的法庭裡聽取言不由衷的口供、在衙門的辦公桌閱讀供詞的官差來說，這些是他們做夢也想像不到的境遇。擔任同心的人也都有不同個性，像這種時候，有人只覺得他們很吵，直想摀耳朵，態度冷淡；有的則是對當事人的悲哀感同身受，雖然因職務之故沒顯現在臉上，但心中默默為對方感到心痛。有時遇上處境異常悲慘的罪犯和其親人，一些心軟且淚腺特別發達的同心，會情不自禁地流下淚水。

因此，護送高瀨舟的工作對町奉行所的同心而言，向來都是個令人嫌棄的職務。

24 遠島之罪：江戶時代的刑罰之一。在沒收財產後，流放伊豆七島、隱岐、壹岐等島嶼。
25 奉行：江戶幕府時代的一個官位，擁有領地內的行政、司法權。
26 同心：職務名。江戶幕府時代，隸屬於奉行底下，在獄史的管理下負責維護城市治安。

*

不知道這是何時發生的事，應該是在白河樂翁侯[27]主政的寬政年間吧。在智恩院的櫻花隨晚鐘敲響而散落的某個春日向晚，高瀨舟載著一位前所未有的罕見罪犯。

他的名字是喜助，年約三十，是個居無定所的男子。他原本就沒有親人可以前來獄中作陪，所以獨自一人乘船。奉命隨行護送、一起上船的同心羽田庄兵衛，事前只聽說喜助是殺死親弟弟的罪犯。從牢獄帶往碼頭的這段時間，他觀察身材清瘦、臉色蒼白的喜助，發現喜助態度恭順溫和，敬重他是衙門的官差，凡事都不會忤逆。更不同於以往見識過的罪犯，只是表面上假裝溫順、討好權貴而已。

庄兵衛感到不解。搭上船後，他不單只是基於職責加以監視，還不斷留意喜助的舉動，看得相當仔細。

這天夜晚，風從日暮時分便止歇，覆滿整面天空的薄雲造就出朦朧月影；逐漸逼近的夏日溫熱彷彿化為煙霧，從兩岸黃土以及河床的泥土中冉冉而升。打從離開下京町、橫越加茂川後，四周變得安靜無聲，只聽得見船頭破浪前行的嘩啦水聲。

儘管是罪犯，仍允許夜晚在船上睡覺，但喜助不想躺下歇息，只是仰望明月的光輝隨著雲色濃淡增減，沉默不語。他神情爽朗，眼中微微閃耀著光輝。

庄兵衛雖沒正眼望向喜助，但目光始終不曾從喜助臉上移開過。他不斷暗自在心裡咕噥道：「真奇怪、真奇怪。」因為喜助的神情不管是橫著看、豎著看，都顯得很快樂，要不是顧及還有官差在場，他恐怕就要吹起口哨，或是哼起歌來了吧。

庄兵衛心想，過去自己隨行護送高瀨舟的次數已不知凡幾。他載送過的罪

---

27 白河樂翁侯：松平定信（一七五九—一八二九），曾擔任老中首席、將軍輔佐役，進行寬政改革。

犯，幾乎全都是令人不忍卒睹的可憐樣。眼前這個男人是怎麼回事？神情宛如在坐船遊山玩水一般。聽說他犯下殺害自己弟弟的罪行，縱使他的弟弟是個惡徒，不管是在什麼情況下殺了他，基於人情義理，應該都不會有好心情才對。難道這名臉色蒼白的男人是不懂半點人情義理、世間罕見的大惡人嗎？但怎麼看都不像。難不成是發狂所致？不不不，看他沒半點不合邏輯的言行舉止。這個男人到底是怎麼回事？喜助的態度，令庄兵衛越想越猜不透。

*

沒多久，庄兵衛再也按捺不住，向喜助喚道：「喜助，你在想什麼？」

「是。」喜助應了一聲，環視四周，似乎很擔心自己是不是哪裡做錯，官差才會出言質問，他重新端正坐好，觀察庄兵衛的神情。

庄兵衛想到，他必須說清楚突然發問的動機，對於要求他回答自己踰矩的發問，得說明原因才行。於是繼續補充：「不，我會這樣問，並沒有什麼特別原因。其實我從剛才就一直很想問你流放外島的心情。過去我也曾搭這艘船送許多人到外島。每個人的身世遭遇各有不同，但他們都對流放外島感到悲傷，和前來送行、一同搭船的親人徹夜哭泣。而我看你的樣子，對於流放外島一事似乎不引以為苦。你到底在想什麼呢？」

喜助莞爾一笑，「謝謝您這麼好心地和我說話。的確，對別人來說，流放外島是一件悲傷的事，這種心情我也能體會。但那是因為他們在人世間過著輕鬆愉快的生活。京都是很棒的土地，但過去我在這塊樂土上所受的苦，我想，不管去哪裡應該都不會有吧。官府的慈悲，將我流放外島，讓我保住一命。不管外島是多艱苦的地方，也不會棲宿著惡鬼吧？過去我一直都沒有安身立命之所，這次承蒙官府命我待在外島，可以安心住在他們安排的地方，令人無比感激。再說，我的身軀雖瘦弱，但不曾生過什麼病，所以在外島住下後，不論工作再怎麼辛苦，想必也不會傷身。還有，遣送到島上時，我領取了兩百文銅錢。就放在這裡。」

喜助說著，手抵向胸前。流放外島者能得到兩百文銅錢，這是當時的規定。喜助接著道：「跟您說件很難為情的事，在這之前，我懷裡從沒放過這麼多錢。為了找地方工作，我總是四處奔走，一找到工作就不辭辛勞，勤奮幹活。領到的工資卻總是右手進左手出，落入別人手中。只有在手頭較寬裕的時候，才能用現金買東西吃，平常大都是拿錢還債，還了之後又借。進監獄後，不用工作就有飯吃。光是這樣，我都覺得愧對官府了，離開監獄時，竟然又得到這兩百文錢。而且今後還是一樣由官府提供伙食，照這樣來看，我可以不必花用這兩百文錢，能夠一直帶在身上。對我來說，能擁有自己的錢，這還是頭一遭。雖然在實際前往島上以前還不知道自己能做什麼工作，但我想拿這兩百文錢當作在島上工作的本錢，對此滿懷期待。」喜助說完後便閉口不語。

「嗯，這樣啊。」庄兵衛如此應道。喜助說的每件事都太出乎他意料之外，他一時無言以對，就此陷入沉思，沉默無語。

庄兵衛已年近半百，與妻子育有四子，家中老母仍健在，所以算是七口之家。他平時過著節儉的生活，甚至有人說他吝嗇，身上穿的衣服，除了執勤的公務衣外，就只有睡衣。說來不幸，他的妻子出身於經濟優渥的商家。妻子雖然想以丈夫的俸祿過活，但畢竟是在富裕人家的疼愛中長大，養成一些習慣，無法縮衣節食，做到令丈夫滿意的地步。往往每到月底便入不敷出，這時妻子就會偷偷從娘家拿錢回來湊數。丈夫對借錢一事百般嫌棄，也不可能毫不知情妻子的行為。妻子總是一下子說「五節句[28]到了」，從娘家帶物品回來，一下子又說「這是慶祝孩子的七五三節[29]，從娘家帶回送孩子的衣服，連這種事都能讓庄兵衛感到心裡很不是滋味了，當他發現妻子向娘家拿錢貼補家用時，自然更不會有好臉色。平時祥和無事的羽田家，之所以不時會引發風波，就是這個原因。

28　五節句：一年中的五個節日。分別是人日（正月七日）、上巳（三月三日）、端午（五月五日）、七夕（七月七日）、重陽（九月九日）。

29　七五三節：男生三歲和五歲，女生三歲和七歲那年的十一月十五日，舉行慶祝孩子成長的儀式。

此時庄兵衛聽聞喜助這番話，便拿自己和喜助的身世做了一番比較。喜助說他替人工作賺取工資，但右手進左手出，很快就落入別人手中，完全不留。這樣的處境的確可悲，令人同情。回過頭來反觀自己，他和我之間又有多大差異呢？我向上級領取的俸祿米，也是右手進，左手出，交到別人手上，我不也是過這種生活嗎？他和我的差異，就只是在算盤上差了一個位數罷了，而喜助有令他無限感激的兩百文錢，我卻連相當於這兩百文錢的儲蓄都沒有。

如果將兩人生活所需要的錢換算來看，雖然只是兩百文銅錢，但也難怪喜助會將它視為存款，歡喜不已。這種心情我也能體會，可即使如此，喜助那毫無欲望、容易滿足的態度，還是令人感到不可思議。

喜助為了在世上找工作，吃足了苦頭。只要找到工作，便不辭辛勞地幹活，光是能糊口就心滿意足。他入獄後，不必工作就能得到過去難以賺取的食物，就像上天恩賜一般，對此大感驚奇，給了他這輩子未曾有過的滿足。儘管庄兵衛以換算的觀點看待此事，但他還是很清楚兩人之間存在著很大的鴻溝。自己靠俸祿度日，雖然不時會有匱乏的情形，但大都還是收支相抵，過著勉強糊口的生活。然而，他幾乎不曾對此感到滿足。他對於自己平時的生活，既不會感到幸福，也不覺得不幸，只是心中總潛藏著一絲疑懼：「我過著這樣的生活，要是哪天突然遭到免職，該怎麼辦？要是生了場大病，又該如何是好？」當他得知妻子不時會從娘家拿錢來補貼家用後，這份疑懼更是急速竄升，跳脫出潛藏的意識範疇之外。

這道鴻溝到底是如何形成？如果只就表面來看，單純說一句「那是因為喜助沒有家累，但我有」，一切也就到此為止了。但這是違心之言。就算自己是孤家寡人，似乎也很難達到喜助這樣的心境。庄兵衛心想，真正的原因似乎藏在更深處。

庄兵衛腦中一片模糊地思索著人的一生。人生病後，才會想到自己要是沒得病就好了。哪天沒東西吃的時候，心裡就會想，要是能有飯吃就好了。沒有供急需時使用的儲蓄，才會心想，要是有點積蓄就好了。就算有儲蓄，還是會心想，如果有更多積蓄就好了。倘若一直這樣沒完沒了地想下去，會不知道該走到哪裡才能停步。庄兵衛發現，此刻在他面前停下腳步、向他展示這個道理的人，正是喜助。

庄兵衛就像剛剛發現似的，驚訝地瞪大雙眼，緊盯著喜助。此刻庄兵衛感覺到，仰望天空的喜助，頭部似乎散發出毫光。

*

庄兵衛注視著喜助，朝他叫喚一聲「喜助先生」。他在名字後面加上「先生」，但並非是在清楚的意識下改變稱呼。當庄兵衛聽到自己脫口而出的話，才驚覺不太妥當，但說出口的話已無法再收回。

喜助應了一聲「是」，似乎也對「先生」的稱呼感到納悶，不安地窺望庄兵衛的神色。

庄兵衛壓抑心中的尷尬說道：「我好像一直問東問西，不過，聽說你這次流放外島是因為殺了人。可以順便告訴我這件事的緣由嗎？」

喜助態度謙恭地回了一聲「小的遵命」，接著輕聲娓娓道來：「因為一時想法偏差，做出那麼可怕的事，突然間不知該從何說起才好。事後回想，連自己也對於為何會做出那樣的事感到很不可思議，我當時是徹底渾然忘我的狀態。小時候，父母便因瘟疫過世，留下我和弟弟兩人。起初街上的人們就像對出生在屋簷下的小狗寄予同情，對我們多方關照，所以我常在住處附近跑腿，就此得以免於挨餓受凍，平安長大。長大後，我四處找工作，依舊盡可能不和弟弟分開，一起工作，互相幫助。事情發生在去年秋天。我和弟弟一起來到西陣的織布廠，從事用織布機織布的工作。不久，弟弟因生病無法繼續。當時我們一同住在北山一座簡陋的小屋裡，行經紙屋川的木橋到織布廠工作。每當夕陽西下，我便會買食物返家，而弟弟則在家裡等我，總是說讓我一個人工作，真的很抱歉。某天我和平時一樣，什麼也沒想地回到家，看見弟弟俯臥在棉被上，四周滿是鮮血。我大吃一驚，將拿在手上用竹皮包裹的食物拋向一旁，趕往弟弟身邊，問他：『你怎麼了？』只見弟弟抬起蒼白的臉，兩邊臉頰到下巴一帶染滿了血，朝我望了一眼，連話都無法說。只要他一呼吸，傷口就會發出『嘶……嘶……』的聲音。我不清楚發生什麼事，於是問他：『這是怎麼回事？你吐血嗎？』想靠向他身邊，這時弟弟以右手撐地，微微坐起身。他左手緊按著下巴，但黑色的鮮血凝塊還是從指縫間冒出。弟弟以眼神阻止我靠近他，並開口說話。他終於能說話了。『對不起，原諒我。我的病是不會好了，所以想早點結束性命，讓哥哥你輕鬆一點。本以為只要劃破喉嚨，馬上就會喪命，沒想到只有氣息從傷口洩出，根本死不了。本來想要將刀子再插深一點，用力一壓就不小心滑向一旁。刀子好像沒壞，要是順利拔出來，我應該就會死了。我現在說話很痛苦，幫幫我，把刀子拔出來吧。』弟弟鬆開左手後，氣息又從傷口洩出。我想說些什麼，但發不出聲音，於是默默注視著弟弟喉嚨的傷口，看來，他應該是右手握著剃刀刺向喉嚨，但自殺不成，於是像要刨挖般，順勢將剃刀刺進喉嚨深處。兩寸長的刀柄從傷口露出來，我見狀後，不知道該怎麼辦，就只是一直望著弟弟，他也始終靜靜地凝視著我。我好不容易才開口道：『你等一下，我去叫大夫來。』弟弟露出怨恨般的眼神，抬起左手按向喉嚨，開口道：『找大夫有什麼用。啊，好痛苦，快點幫我拔掉刀子吧，拜託你。』我不知如何是好，就只是注視著弟弟。說來也不可思議，這時候眼睛竟然會說話。弟弟的眼睛在訴說著『快點、快點』，而且似乎滿是埋怨地望著我。我腦中彷彿有個像車輪般的東西一直轉個不停，但弟弟的眼睛並未因此停止那可怕的催促。他埋怨的眼神越來越凶惡，最後就像在瞪視仇敵般，化為憎恨的眼神。我看了之後，這才覺得自己非照弟弟說的話去做不可。我對他說：『沒辦法，我就幫你拔掉吧。』弟弟聞言後，眼神驟變，流露出開朗的歡喜之色。我心想，要下手就得一鼓作氣，於是像要跪地般趨身向前。弟弟鬆開撐地的右手，原本緊按喉嚨的左手肘撐著地面，橫身躺下。我緊緊握住剃刀刀柄，用力往後一拉。這時，附近的老婆婆打開原先從屋內關上的前門，走了進來。我拜託老婆婆在我外出的時間餵弟弟吃藥，並處理家裡的一些事。屋內光線昏暗，我不知道她看到了多少事，不過當時老婆婆驚呼一聲，敞開前門，頭也不回地跑了。我拔剃刀時，只是專注地想著要俐落、直直拔出來，但回想當時的手感，好像割到了原本沒劃破的地方。我手握剃刀，茫然地望著老婆婆走進後又接著奪門而出。她離開以後，我猛然回神望向弟弟，發現他已斷氣，傷口大量出血。直到官差趕來將我押送衙門之前，我都將剃刀放在身旁，凝望著雙眼微睜、已經沒了呼吸的弟弟。」

喜助微微低著頭，抬眼望著庄兵衛道出此事，說完後，視線落向膝蓋。

喜助說的話條理分明，甚至可說是分明得有點過了頭。因為這半年來，他腦中一再浮現當時的情景，而且每次在衙門接受訊問、在町奉行所接受調查時，都被迫小心謹慎地一再重現當時的情景。

庄兵衛靜靜聆聽，彷彿就像在現場親眼目睹那一幕，喜助這樣真的算是殺害弟弟的凶手嗎？他算是殺人凶手嗎？打從故事聽到一半起，他便產生這樣的疑問，最後整個故事結束，還是無法解開心中的疑問。弟弟對哥哥說：「只要拔出剃刀，我應該就會死了，你幫我拔掉吧。」人們卻說是喜助拔掉剃刀，害死了弟弟，是他殺死了弟弟。但就算放著不管，弟弟最後似乎還是死路一條。弟弟之所以說他想早點死，就是因為受不了痛苦。喜助不忍見弟弟受苦，為了救他脫離苦海，才結束他的性命。這樣算是犯罪嗎？殺人確實是犯罪沒錯。但想到這是為了救人脫離苦海，腦中便產生疑問，百思不得其解。

庄兵衛在心中幾經思索，最後做出的決定是：這只能交由地位比我高的人去裁決，一切就遵從權威吧。庄兵衛打算就將奉行大人的判斷當作是自己的判斷，儘管他這麼想，但內心還是不免有個疙瘩，無法釋懷，他想向奉行大人問個清楚。

夜色漸深的朦朧之夜，高瀨舟載著相對無言的兩人，在黝黑的水面向前划行。

雁

壹

這是個老故事。我碰巧還記得那是發生在明治十三年的事。為什麼我會清楚記得年份呢?那是因為當時我就住在東京大學的鐵門對面，一處名為「上條」的租屋處，這故事的主角是我隔壁室友，我們的房間只有一牆之隔。上條在明治十四年慘遭祝融時，我也是被大火燒得無家可歸的受害者之一。而那件事正好發生在火災的前一年，所以我才記得這麼清楚。

在上條租屋的房客，大都是醫科大學的學生，其他則是固定到大學附屬醫院就診的病患。大致來說，每個租屋處都會有很吃得開的房客，這種房客首先得手頭闊綽，外加聰明伶俐，當房東太太面向箱型火盆而坐，而他們從前方走廊經過時，一定會打招呼，不時還會往火盆對面坐下來閒話家常。在房間裡喝酒聚會時，會刻意請房東太太準備酒菜，代為張羅，看起來頗為任性胡來，但其實是要讓租屋處的帳房賺上一筆。像這種個性的男人，往往都受人尊敬，而他們也乘勢恣意地作威作福。然而，住我隔壁的這位很吃得開的男人，卻完全不是這種作風。

此人姓岡田，還是學生，他小我一屆，所以也算是畢業在即。如果要說明岡田是個怎樣的男人，就非得就近從他較為特別的特性說起不可。他是個美男子，不是那種臉色蒼白、弱不禁風的美男子。他氣色紅潤，體格精壯，我幾乎不曾見過像他那種面容的男人。如果硬要說的話，我後來曾與青年時期的川上眉山[30]交好，就是那位最後身陷窘境、悲慘以終的文人川上，青年時代的川上與岡田有幾分相似。不過，當時是划船選手的岡田，體格遠遠勝過川上。

容貌會向許多人推薦它的主人。但光靠這樣就想在租屋處吃得開，是不可能的。說到此人的素行，我認為當時很少有男人能像岡田這樣維持均衡的學生生

---

30 川上眉山（一八六九—一九〇八）：明治時代的小說家，後來自殺身亡。

活。他不是每學期都想在考試中得高分，以取得特別待遇生[31]身分的用功學生。他會做好該做的事，班上成績也從未掉到中下水準，一路維持到現在。玩樂的時間，他都盡情暢玩。晚餐後固定會出外散步，十點鐘以前一定回來。星期天都去划船，要不就是出外遠足。他會在划船比賽前和同行的選手一起在向島過夜，或是在暑假時返鄉，除此之外，隔壁房間的主人在家和外出的時間一概有條不紊。每個人只要忘了配合午時的號砲[32]對時，就會到岡田的房間問他。上條帳房的時鐘也常是依照岡田的懷表來調時間。周遭的人們越是長期觀察這個男人的舉止，心中就越會強烈地認定他是個值得信賴的人。房東太太之所以會開始誇讚不說客套話、也不亂揮霍的岡田，就是基於這份信賴。而且他每個月都按時繳房租這項事實，也是一大助力，這點無從否認。「你看看人家岡田先生。」這句話常常出自房東太太之口。

「反正我不可能像岡田那樣。」有些學生會搶先這麼說。儘管如此，岡田還是在不知不覺間成了上條的模範房客。

岡田每天散步的路線大致都固定不變。順著冷清的無緣坡往下走，繞過像染齒劑[33]般汙濁的藍染川所流入的不忍池北側，到上野山遛達，然後行經松源和雁鍋[34]所在的廣小路、雖然窄小卻很熱鬧的仲町，接著走進湯島天神神社，繞過死氣沉沉的臭橘寺轉角，返回住處。不過他也會在仲町右轉，從無緣坡返回，這也是一條路線。有時他會穿過大學校園，來到赤門。鐵門很早便已上鎖，他是從病患進出的長屋門進入。當時的長屋門後來遭撤除，在現今春木町路底的位置蓋了一座新的黑門。離開赤門後，走在本鄉通上，路過邊唱歌邊搗痲糬做粟餅的店家前面，走進神田明神的神社內，接著往下來到當時仍舊嶄新的目金橋，在柳原的片側町小逛一下，最後返回御成道，找一條狹窄的西側小巷穿越，來到臭橘寺

31 特別待遇生：成績優秀、品行端正，而獲得學費全免或獎學金的學生。
32 皇居每到午時就會放空砲報時。
33 染齒劑：昔日的日本人慣於用鐵漿染黑牙齒。
34 兩者都是知名的料理店。

前。這是另一條路線。除此之外，他很少走其他路線。

在散步途中，岡田會做些什麼呢？他就只是常到舊書店走走逛逛而已。當時上野廣小路和仲町的舊書店，至今仍保有兩、三間。御成道上也有當時延續至今的店家。柳原現在一家都不剩。至於本鄉通的店家若不是搬遷，就是易主。岡田之所以走出赤門後很少右轉，一來是因為森川町街道狹窄，走起來倍感拘束，二來也是因為西側就只有一家舊書店。

岡田逛舊書店，若用現代用語來說，那是因為他是文藝青年。然而，當時新小說和劇本都還沒問世，抒情詩方面，正岡子規[35]的俳句和與謝野鐵幹[36]的和歌都還沒誕生，大家看的都是像印在唐紙上的《花月新誌》或是印在白紙上的《桂林一枝》這類雜誌，並一致認為槐南[37]、夢香[38]等人的香奩體[39]漢詩最具風情。我也是《花月新誌》的忠實讀者，所以記得很清楚。而西洋小說的翻譯，最早也是出現在那本雜誌上，描述的是西方某個大學生在返鄉途中遭殺害的故事，而將它翻譯成白話文體的人是神田孝平。那似乎是我閱讀的第一部西洋小說。由於是在那個時代，所以岡田的文學愛好，不過也只是因為漢學學者將世上發生的新鮮事寫成了詩文，他覺得有趣，才展開閱讀。

我生性不愛與人往來，在校園裡就算是常見面的人，只要沒事，我都不會主動攀談。對於住同一個租屋處的學生，也很少會脫帽致意。之所以會和岡田交好，全是因為有舊書店居中牽線。我所走的散步路線不像岡田那般固定，不過我腳力強健，常從本鄉走到下谷、神田，有舊書店的話就會駐足觀看。像這種時候，經常和岡田在店門口不期而遇。「我們可真常在舊書店碰面呢。」我們其中一方這樣說道，就此展開親暱的交談。

35 正岡子規（一八六七－一九〇二）：明治時代的作家，小說、散文、俳句、新體詩、評論均涉獵。曾於一八九五年與森鷗外會面。

36 與謝野鐵幹（一八七三－一九三五）：明治時代的歌人，創刊《明星》詩刊，是浪漫派代表人物。

37 槐南：森槐南（一八六三－一九一一），明治時代的詩人，主要創作漢詩。

38 夢香：日下部夢香（不詳－一八六三），江戶時代的詞人，著有《夢香詞》，是日本第一部詞集。

39 香奩體：指詩或詞曲的內容涉及閨閣而語多香豔者，又稱豔體。

當時走下神田明神前的坡道，有一處轉角，有店家以長板凳擺成鉤形，在上頭展示舊書。某天我發現一本來自中國的《金瓶梅》，向老闆詢問價錢，老闆開價七圓日幣。我要他算便宜一點，用五圓賣我，結果老闆說：「剛才岡田先生說，如果開價六圓他就買，但我拒絕了。」當時剛好我手頭比較寬裕，於是就以老闆開的價格買下。兩、三天後，我遇見岡田，他主動對我說：「你真過分。竟然買走了我好不容易發現的《金瓶梅》。」

「對了，書店老闆說，你開了價，但沒談攏。你想要的話，我可以讓給你。」

「說什麼呢。你就住我隔壁，等你看完後再借我就行了。」

我很開心地一口答應。雖然長期以來我就住他隔壁，但向來都沒交情，從那之後，我們便開始互有往來。

貳

從那時候開始，無緣坡南側便是岩崎的宅邸，但不像現在這樣，四周圍起高聳的土牆。原本架起的是骯髒的石牆，從布滿青苔的石塊間長出蕨類和問荊。石牆上方一帶究竟是平地，還是像山丘一樣隆起？我沒進過岩崎宅邸，所以至今仍舊無從得知，不過當時雜樹恣意生長於石牆，連在大路上都可以看見樹根，長在樹根上的茂密野草也鮮少割除。

山坡北側是一整排不起眼的房子，當中最像樣的是一座四周立起木板牆、模樣小巧的普通住家，其他則是從事手工業的男人們居住之所。店面也只有雜貨鋪和香菸店之類。當中比較吸引路人目光的，是一名教導裁縫的女子住家，白天時，有許多年輕女孩聚在格子窗內工作。天氣好的時候，她們打開窗戶，我們這些學生路過時，聊得很熱絡的女孩們都會抬起臉望向大路，然後又接續剛才的閒聊，有說有笑。隔壁人家總是將格子門擦拭得一塵不染，入門臺階處的水泥地鋪上整面的御影石，在向晚時分路過時，會看到有人朝外灑水。這戶人家天冷時紙門緊閉，天熱時則是垂放竹簾。由於裁縫師家中無比熱鬧，所以更突顯出他們的冷清。

在這個故事發生的九月時，岡田剛從故鄉返回不久，照慣例在晚餐後出外散步。他路過暫時設置在加賀前藩主舊房子的解剖室一帶，信步走下無緣坡時，恰巧見到一名泡澡回來的女子走進裁縫師隔壁的冷清住家。當時秋意已濃，沒有人在屋外乘涼，當岡田走向那一時空無一人的坡道時，她剛好回到冷清住家的格子門前。準備開門的女子一聽到岡田的木屐聲，搭向格子門的手猛然停住，轉頭與岡田打了個照面。

藏青色的縐綢單衣繫著黑緞和褐色獻上博多[40]所合製成的表裡兩色腰帶，纖細左手慵懶地拎著編織精細的竹籠，裡頭裝有手巾、肥皂盒、米糠袋[41]、海綿等，女人右手搭在格子門上，轉頭而望。女人的姿態並未令岡田留下深刻的印象，反而是她梳理的銀杏返[42]雙鬢薄得猶如蟬翼，加上高挺的鼻梁、細長臉龐和略顯落寞的神情，令人覺得她的額頭到臉頰一帶略感扁平，這點倒是吸引了岡田的目光。岡田不過也只是在轉瞬間有這樣的感受，所以當他走下無緣坡時，早已將女人的事忘得一乾二淨。

但兩天過後，岡田再度朝無緣坡的方向走去，來到那戶格子門住家附近時，前幾天那名泡澡回來的女子，突然又從記憶底端浮上意識表面，於是他朝那戶人家望了一眼。屋子有一扇扶手窗，是縱向釘著竹子，橫向架著兩道削得很細的木頭，再用藤蔓加以纏繞製成。窗戶的紙門打開約一尺寬，可以看到一個種植萬年青的花盆，上頭覆滿了蛋殼。為了仔細查看，岡田略微放慢步調，在經過正門口

---

40 獻上博多：博多特產紡織品，稱為博多織。獻上是博多織中的上等貨。
41 裝有米糠的木棉袋，作為清洗肌膚之用。
42 銀杏返：一種傳統女性髮型。

前，多出數秒的充裕時間。

當他來到門口時，萬年青的花盆上原本一直都封閉於灰色黑暗的背景之中，一張白皙的臉龐竟然浮現。那張臉看到岡田後，露出嫣然一笑。

之後岡田只要出外散步，從那戶人家前面通過，幾乎都會看到女子。她不時會闖入岡田個人的幻想領域中，逐漸展現出恣意妄為的行徑。「她是在等我經過這裡？還是沒特別含義，就只是剛好望向屋外湊巧與我打照面呢？」岡田心中興起這個疑問。於是他將記憶回溯到第一次看見女子泡澡回來之前，試著回想她是否曾經從屋子的窗戶露臉。然而，他對這棟房子的記憶只有它位於無緣坡單邊最熱鬧的裁縫師家隔壁，總是打掃得一塵不染又顯得冷清，除此之外再無其他。他確實也曾經懷疑過裡頭究竟住著怎樣的人，但始終都沒搞清楚。窗戶的紙門總是緊閉，或是垂放竹簾，裡頭似乎一片悄然。照這樣看來，女子應該是最近才注意到外面，打開窗戶等候他路過。這是岡田最後做出的判斷。

岡田每次路過都會與她對上視線，這時候腦中都想著這件事，久而久之，他逐漸和「窗口女子」變得熟識，兩個星期後的某個傍晚，當他從她家窗前路過時，他無意識地摘下帽子行禮。當時那名膚色白淨的女子滿臉羞紅，原本帶有微笑的落寞臉龐，頓時轉為燦爛的笑臉。從那之後，岡田在路過時，一定都會向窗口女子行禮。

參

岡田喜歡《虞初新志》[43]，當中的〈大鐵椎傳〉他甚至能全文背誦。所以他從很早以前就想學武，但一直沒機會成真，所以始終一竅不通。而自從這幾年開始划船後，他全神投入，進步神速，甚至在同伴的推舉下成為選手，這都是岡田在這方面意志的展現。

在《虞初新志》中，有一篇岡田很喜歡的文章〈小青傳〉。傳中所描寫的女子，若用現代語來形容，就像是讓死亡天使在門外候著，自己靜靜地專注在塗脂抹粉上，將美當作性命看待的女人，這激起岡田的無限同情。對岡田來說，女人必須是美麗、可愛之物，能於各種處境始終維護其美麗和可愛。這應該是他平時愛看香奩體詩文，閱讀明清才子感傷而又宿命性的文章，不知不覺間受其影響的緣故吧。

自從岡田開始向窗口女子點頭致意後，儘管已過了很長一段時間，他仍無意探尋女子的身世。當然了，憑女子家中的情況、她的穿著，岡田已猜出她應該是被包養的女人。但他並未因此感到不悅。雖然不知道對方名字，卻也不會刻意想要知道。他也想過只要看門牌應該就能知悉，但女子在窗口時，岡田對她有所顧慮。而女子不在的時候，他則是忌憚左鄰右舍和大道上往來的行人目光，最後他終究還是沒能看到屋簷下那個小小的木牌上寫的是什麼字。

43 《虞初新志》：清代初年的短篇文言小說集，多為人物傳記，記載當時的奇人軼事。

肆

窗口女子的來歷，其實是在以岡田為主角的這起事件成為過去式後，我才聽聞，基於方便考量，我決定在此大致說明一番。

那是大學的醫學院仍位於下谷[44]時發生的事。宿舍是由藤堂宅邸[45]的門長屋改建而成，灰色屋瓦以灰泥塗上，棋盤格子般的牆壁到處豎立著手臂般粗大木頭嵌成的窗戶，學生們住在裡頭，過著野獸般令人同情的生活。當然了，現在就算想見識那樣的窗戶，也只剩丸之內的望樓還保留一些，就連上野動物園裡用來飼養獅子和老虎的柵檻，都遠比它來得牢靠。

宿舍裡有工友，學生可以找他們出外採買。繫著白棉布男性腰帶、底下穿著小倉裙褲的學生，會買的東西大致固定，也就是所謂的「羊羹」和「金米糖」[46]。羊羹指的其實是烤地瓜，金米糖則是炒蠶豆，這或許有記下來供文明史參考用的價值。工友跑腿一次收費兩錢。

當中有個名叫末造的工友，其他人都蓄著長長的鬍子，活像栗子殼一般，嘴巴老是張著，唯獨末造總是鬍子刮得乾乾淨淨，青皮底下一雙緊閉的嘴唇。身上的小倉服也是，別人總顯得髒兮兮，唯獨這個末造白白淨淨。他經常穿著唐棧[47]，繫上圍裙。

不知道是誰開始傳出的謠言，聽說沒錢的時候，末造會代墊，當然只是五十錢或一圓這樣的金額。但接著會逐漸改為借人五圓、十圓，並讓借款人簽借據，或重新立借據，最後成了如假包換的高利貸。他手上到底有多少資金呢？總不會是以兩錢的跑腿費一路累積而來吧？不過，當人在某個時刻投注自己所有精力

44　東大醫學院的前身原本位於下谷和泉橋通，後來移往本鄉。

45　藤堂宅邸：伊勢津藩主藤堂和泉守的藩邸。

46　金米糖：由砂糖所製，一種外型像星星的糖果粒。

47　唐棧：在藏青色布料上織出青綠、紅色等縱向條紋的棉織物。

時，或許沒有辦不到的事。

總之，學校從下谷遷往本鄉以後，末造就不是工友了。但當時已遷往池之端的末造家，依舊有不少不明事理的學生進出。

末造當工友時已年過三十，雖然貧窮，卻有妻小。他成功靠高利貸賺錢，搬往池之端後，變得開始嫌棄起自己那愛嘮叨的黃臉婆。

這時末造想起某個女子。那是他以前每天從練塀町後面穿過狹窄的巷弄、前往大學工作時，不時會看到的一名女子。在水溝蓋經常破損的那一帶，有一戶終年大門半關、光線昏暗的人家，晚上如果從房子前路過，會發現屋簷下停著小攤車，平時就算沒停放也已經夠狹窄的巷弄，這時候非得側身通過才行。一開始吸引末造注意的，是這戶人家傳出練習三弦琴的琴聲，之後他得知彈三弦琴的人是一位十六、七歲的可愛姑娘。看起來不像貧窮人家，而且她總是乾乾淨淨，身上穿的衣服也都很素雅。她在門口時，只要有人路過，就會馬上躲進光線昏暗的家中。做事向來細心周到的末造，也沒刻意打聽，便得知這女孩名叫阿玉，沒有母親，和父親相依為命，他父親在秋葉原擺攤販售飴細工[48]。不久，巷弄裡的住家產生了革命性的變動，晚上路過時已看不到停放在屋簷下的小攤車。總是悄靜無聲的那戶人家及其周遭，若以當時流行的話來說，「開化」[49]可能已襲向此地。原本半是損毀、半是向外翹的水溝蓋已全部換新，大門也換了新樣貌，改立起全新的格子門。他某天看到門口擺著脫下的鞋子，之後過沒多久，又看見這戶人家的門口換了新門牌，上頭寫著警察某某某。末造在松永町到仲徒町這一帶採買各種物品時，同樣沒特別打探，便得知賣飴細工的老先生招了女婿，門牌上寫的警察名字，便是他的女婿。視阿玉為掌上明珠、百般呵護的老先生，將女兒嫁給長相凶惡的警察，感覺就像天狗搶親似的，對於女婿要住進自己家中感到極度不自

48　飴細工：以麥芽糖捏塑出人、鳥獸、花草的零食。

49　開化：一八七五年，福澤諭吉於《文明論之概略》中，將英文的 civilization 翻譯為「文明開化」而出現的詞彙。此指明治時期西洋的文明傳入日本後，制度與建設上的改變。

在，因而找平時與他親近的人們商量，但沒人清楚地叫他拒絕。有人對他說：「這下你知道了吧。我就說要幫她介紹個好人家，但你說阿玉是獨生女，不讓她出嫁，老說些麻煩的藉口，結果來了這麼一位難以拒絕的女婿。」也有人語帶威嚇地說：「既然你不想這樣，那就只能搬到遠處去，不過對方是警察，馬上就會查出你搬到哪裡，跑去談判，所以你是逃不掉的。」當中，大家公認最通曉世故的老闆娘說道：「那孩子人長得漂亮，師傅也說她有可能學成技藝，誇讚有加，所以我不是叫你早點讓她去當藝妓學徒嗎？警察前來任職時，會挨家挨戶查訪，你將面貌姣好的孩子擺在家中，就是會被警察強行帶走，由不得你說不。被這樣的人看上，你也只能看開，自認倒楣了，這也是沒辦法的事。」末造聽了傳聞後，大約過了三個月，賣飴細工的老先生家，某天早上大門緊閉，門上貼著張紙寫道：「租屋管理人在松永町西郊」。於是他又趁採買之便，到附近打聽，得知警察在老家有妻小，某天突然來訪，引發軒然大波，阿玉衝出屋外說要投井，聽聞此事的隔壁老闆娘好不容易才勸住她。警察說要當女婿時，老先生找了許多人商量此事，但沒一個人可充當老先生的法律顧問，所以老先生對於戶籍的情況、該提出哪些申請，一概沒有頭緒。警察一派輕鬆的拈著鬍子，說手續他全都辦妥了，不必擔心，老先生完全不疑有他。當時松永町有家叫「北角」的雜貨店，老闆的女兒有張白淨的圓臉、短淺的下巴，學生們都叫她「沒下巴」。女孩對末造說：「阿玉真可憐。她是個老實的女孩，一直以為自己的丈夫沒問題，沒想到警察只當她家是一處外宿的住處。」頂著光頭的北角老闆在一旁插話道：「老先生也真令人同情。他說愧對街坊鄰居，實在沒臉繼續待下去，便舉家遷往西鳥越。不過，如果沒有小孩來光顧生意，就無法做原本的買賣，所以聽說他到秋葉原擺攤。攤子原本也賣給了佐久間町的舊工具店，後來他向店家說明原委，又買了回來。他為了這些瑣事和搬家，應該是花了不少錢，想必很傷腦筋吧。先前警察把老家的妻小晾在一旁，厚著臉皮喝酒，還叫不擅長喝酒的老先生陪他，當時想必是做著退休當老太爺的美夢吧。」老闆撫摸光頭如此說著。之後，末造暫時忘了飴細工小販家的阿玉，但後來他有了錢，手頭變得闊綽，這才又突然想起阿玉。

如今末造變得富有，他動用關係派人到西鳥越打聽後，查出在柳盛座[50]後方的人力車行隔壁，有個賣飴細工的老先生。他女兒阿玉也在。於是末造先派人前去交涉，說有位富商想納阿玉為妾，不知意下如何。起初阿玉不想當妾，但她畢竟是個恭順的女人，最後說她為了父親著想，願意在松源和這位大老爺見面，進行得相當順利。

伍

除了錢之外什麼都不想的末造，一查出阿玉的所在地，也還沒確定對方是否同意，便自行在附近找尋租屋處。他看了好幾間房子，只中意其中兩間。一間同樣在池之端，就位在他目前所住的福地源一郎[51]宅邸附近，與當時遠近馳名的蕎麥麵店蓮玉庵兩地中間，地點在不忍池西南方，略微靠近蓮玉庵，離大路有些遠。方格竹籬內種有一棵日本金松和兩、三棵黃葉扁柏，從樹叢間可以望見釘著竹格子的扶手窗。它張貼了房屋出租告示，所以末造走近細看，發現裡頭還住著人，一位五十多歲的老婦引領他看房。還沒開口問，老婦便自己全說了，她先生

50　柳盛座：一間歌舞伎小劇場。

51　福地源一郎（一八四一－一九〇六）：作家、新聞記者。

原本是中國一帶某大名的家老，廢藩後，便在大藏省擔任副官賺點家用。今年雖已六十多歲，但生性愛乾淨，常在東京四處看房，找尋新房租屋，等房子住久變得老舊，便馬上搬家。當然，孩子早已與他們分開住，所以不會弄亂房子，但房子住久了難免老舊，紙門得重新糊紙，榻榻米的外層也得更換才行。屋主很不想處理這些麻煩事，說他想馬上搬家。老婦對此相當排斥，所以背地裡連對不認識的人也抱怨起自己的丈夫。「屋內明明還這麼漂亮乾淨，他卻說要搬家。」她如此說道，很仔細地讓末造參觀屋內。房子從上到下全都打掃得一塵不染。末造覺得這裡很不錯，將押金、房租、房屋管理人的名字寫在記事本上，就此離去。

另一家則是位於無緣坡中段的小房子。它完全沒貼任何出租告示，但末造聽說它要賣，便前往看房。屋主在湯島切通開當鋪，他的父親前不久還住在這裡，現在已經過世，母親則是接到店裡同住。隔壁住的是裁縫師傅，所以有點吵鬧，不過他們刻意挑了些樹木種在這處養老的住所，所以倒也十分舒適。從入口的格子門到鋪上花崗岩的水泥地庭院，都顯得潔淨雅致。

末造整晚在床上翻來覆去，思考著兩者該選哪個好。妻子在一旁哄孩子睡，自己也跟著睡著了，張著大嘴，鼾聲如雷，沒半點女人味。丈夫晚上想著貸款牟利的事，遲遲無法入睡，這是常有的事，所以就算丈夫一直都醒著沒睡，妻子也完全不在意。末造暗自覺得好笑。他望著妻子的臉龐心想：「雖然同樣是女人，卻也有人長這副德性。很久沒見過阿玉了，當時她雖然只是個小丫頭，卻有著溫順中帶著一股脾氣、令人很想緊擁入懷的臉蛋，想必現在已是女人味十足了吧。真期待見到她。妳這個臭黃臉婆，只顧著睡。要是妳以為我整天腦子裡想的都是錢，那妳就大錯特錯了。咦，已經有蚊子啦？所以我才討厭下谷。差不多也該吊蚊帳了。這黃臉婆可以不必管，但孩子會被蚊子叮呢。」原本想著這件事，接著又想到房子的事。直到一點過後，才好不容易做出決定：「池之端的房子，或許有人會說那裡視野好、適合居住，但說到視野好，有我這間房子也就夠了。雖然房租便宜，但向人租屋就是費事。而且感覺在那種開闊的場所容易讓人看見。要是不小心打開窗，這黃臉婆剛好帶著孩子到仲町去，被她撞見，那可就麻煩了。

無緣坡感覺是比較陰氣沉沉，但也只有學生散步時會路過，除此之外，沒什麼人會行經那裡。要一次出錢買下是有點麻煩，不過裡頭用的木製家具都不錯，這樣反而算是撿到便宜。只要買好保險，就這麼擺著，日後轉手賣出也能拿回本金，大可放心。就選無緣坡吧，就這麼辦。只要傍晚出門泡澡時穿得體面一點，隨口編個理由瞞過黃臉婆，就能外出了。然後打開那扇格子門，走進屋內，不知道會是怎樣的情況。阿玉想必是在膝上抱著貓之類的，孤單寂寞地等我駕臨。當然是化好妝等著我到來。到時候再送件和服什麼的給她吧。不，等等，不能亂花錢，流當品之中也不乏好東西。要讓女人在衣服或頭飾上享受一下奢華，大可不必像一般人那樣做傻事。就像隔壁的福地先生，有一棟比我還大的房子，還常帶著數寄屋町的藝妓在池之端遛達，羨煞那些工讀生，當真意氣風發，但家裡卻老是入不敷出。學者們聽了，都感到難以置信。如果是靠搖筆桿過這種好日子，那公司的職務恐怕難保。啊，對了。阿玉還會彈三弦琴。要是她能向我彈出心中的思慕之情就好了，不過，她除了當過警察的妻子外，一點也不懂外頭的人情世故，所以應該是沒這個能耐吧。她可能會說『這樣您會笑我，我不彈』，就算命令她彈，想必她也彈不來。她應該是真的很容易害羞吧。肯定會滿臉通紅，忸怩不安。我去的第一晚，該做什麼好呢。」他腦中的幻想恣意馳騁，無邊無際。如此左思右想時，想像開始變得斷斷續續，白皙的肌膚時隱時現。耳中傳來呢喃低語。末造滿心愉悅地進入夢鄉。睡在一旁的妻子，仍舊鼾聲不息。

陸

在松源的會面，對末造來說是人生一大要事。雖說他很小氣吝嗇，不過累積財富的人形形色色。注意小地方，將衛生紙撕成兩半使用，或是為了在明信片上傳達要事、寫下非得用顯微鏡才看得清楚的小字，這些是每個人都具有的共通特質，不過有的人會徹底將它遍及於自己生活的所有範圍，甚至用指甲代替蠟燭來焚燒，極度節省。但是也有一種人會找個地方打洞，好讓自己有個能放鬆的宣泄口。以前小說中所描寫或是戲劇裡安排的守財奴，幾乎都是徹底講求節省的人。而實際生活中的有錢人，其實大都不是這樣。像一些雖然小氣卻愛好女色的人，或是莫名愛花錢在飲食上的人，就算是這一類。我在前面也提過，末造喜歡穿得乾乾淨淨，以前他還是大學工友時，每到假日就會脫下規定的小倉窄袖服，換上其他服裝，看起來像是個精明幹練的商人，這也成為他的嗜好。學生們偶爾遇上穿著一身唐棧的末造，大感驚訝，就是這個緣故。除此之外，末造再也沒有其他特別的嗜好。既不會找藝妓娼妓，也不愛上館子。在蓮玉庵吃蕎麥麵，已算是很大手筆，之前家中的妻小要求帶他們去蓮玉庵，他都不答應。這是因為妻子的穿著和他顯得很不搭調。每當妻子開口要什麼，末造總是打發她一句：「說什麼傻話，妳和我不一樣，我是因為有應酬，才不得已這麼做。」後來賺了不少利息，末造也開始進出餐館，但也僅限於大型聚會，向來都不會單獨光顧。這次因為要和阿玉見面，他突然顯得意氣風發，抱著嚴肅的心態，主動提議要在松源會面。

眼看會面之日即將到來，這時有個避免不了的問題。那就是阿玉的服裝。如果只有阿玉一人倒還好，但是連老先生也必須張羅。居中牽線的老太太對此也頗為難，不過，老先生說的話，做女兒的阿玉向來唯命是從，所以要是刻意想隱瞞此事，難保和末造的談判不會就此破裂，所以這也是沒辦法的事。老先生的說法如下：「阿玉是我寶貝的獨生女，和別人家的獨生女不同，她是我唯一的親人。以前我和內人相依為命，過著寂寞的日子，後來內人三十多歲時，第一胎生下了阿玉，之後就染上疾病，與世長辭。我向人要來母奶餵養阿玉，好不容易養到四個月大，她卻染上當時江戶正流行的痲疹，連大夫都認為沒救了，是我拋下生意不做，全力照顧她，她才得以保住一命。後來局勢動盪，在井伊大人[52]慘遭暗殺後的第二年，也就是發生生麥事件[53]、外國人遭斬殺的那一年，在那之後我失去了店面和一切，數度想一死了之，但可愛的阿玉用她的小手輕撫我的胸口，睜著大眼望著我笑，我實在無法帶著她一起尋短，因此壓下那難以忍受的痛苦，一天又一天的活了下來。阿玉出生時，我已四十五歲，而且因為長年勞苦，看起來比實際年齡還要蒼老，但俗話說『一個人吃不飽，兩個人餓不到』[54]，也有人很好心，說要介紹給我有錢的寡婦，安排我入贅，至於孩子就送回故鄉去，但我覺得阿玉很可憐，冷淡地拒絕了這項提議。常言道，人越窮，腦袋越鈍，我辛苦拉拔長大的阿玉，竟然被一個滿口謊言的男人當作玩物，真的很不甘心。人們都說，我有這樣的好女兒實在很幸福，她就是這樣的好孩子，我也希望她能嫁給正經人，但有我這個老父在，沒人肯娶她。就算如此，當人情婦或是小妾這種事，我也是不會答應的，不過您說對方是位正經的老爺，而且阿玉明年就二十歲了，希望能趁她還年輕時辦妥婚事，所以決定讓步。這次我將奉上自己所疼惜的阿玉，所以我也要一同前往，和這位老爺見上一面。」

當老太太傳來這番話時，末造覺得和自己原先的預想有點不同，不太滿意。他原本打著如意算盤，想在安排此事的老太太帶阿玉來到松源後，盡快打發老太太離開，他才能和阿玉面對面好好享受兩人獨處的時刻，但沒想到事與願違。如今阿玉的父親也一同前來，場面似乎會意外地變得很隆重。雖然末造同樣也抱持著隆重的心情，但那是基於自己「為了解除長期壓抑的欲望束縛而踏出的第一

---

52 井伊直弼（一八一五－一八六〇）：江戶幕府的大老，在櫻田門外遭人暗殺。

53 生麥事件：英國商人馬歇爾夫妻等人，闖進薩摩藩藩主監護人島津久光的儀仗隊中，最後一人遭斬殺，兩人重傷。此事引發薩英戰爭。

54 傳統建議人結婚的一種說法，自己一個人擔心錢不夠用，可一旦成家後，在妻子的幫忙下，自然可以渡過難關。

步」這種重新出發的喜悅之情，兩人的會面才變得重要。然而，現在她父親也會一起到場，這份隆重的特質便完全變了調。從老太太的轉述聽起來，他們父女倆都是正經人，起初很排斥做妾，兩人一起回絕此事，但老太太某天將阿玉叫到外頭來，對她說：「妳爹已經越來越難工作了，妳不想減輕他肩上的重擔嗎？」百般勸說，最後終於讓她點頭答應，接著才又說服她父親。末造聽聞此事，暗自竊喜，心想：「我真的能得到如此善良、溫順的女孩嗎？」但現在，如此正經八百的父女一同前來，在松源的見面會變得像是女婿拜見泰山大人一樣，這種完全不同走向的隆重感，宛如朝末造狂熱的腦袋澆了一瓢冷水。

末造又心想，之前告訴對方自己是大實業家，那就得裝作煞有其事才行，所以為了向對方展現出自己闊綽的一面，他最後決定包辦父女倆的治裝費。而且得到阿玉後，也不能棄她父親於不顧，所以這只是將以後要做的事提前罷了。他想到這裡，便下定決心。

照理來說，要先問對方需要多少治裝費，然後再給一筆錢，但末造沒這麼做。向來重視打扮的末造有一家專為他做衣服的裁縫店，他說明原委後，老闆便為他們兩人縫製適合的衣服。唯獨尺寸一事，是請居中牽線的老太太代為向阿玉詢問。說來也真令人同情，末造這種小心謹慎的吝嗇作法，阿玉父女卻給予善意的解釋，認為沒交現金到他們手上，是尊敬他們的一種展現。

柒

上野廣小路很少發生火災，記憶中松源從不曾燒毀過，所以那間包廂或許如今還在。末造事先訂了寧靜的小包廂，所以他由人帶領，從面向南方的大門進來，在走廊上筆直走了一小段路後，踏入左邊一間六張榻榻米大的包廂。

身穿印半纏[55]的男子，正忙著捲起柿漆紙做成的大遮陽布。「因為在天黑之前，夕陽會照進這裡。」帶路的女侍如此說明後，就此離去。牆上掛著真偽難辨的浮世繪掛軸，壁龕處擺著單插一朵梔子花的花瓶，末造背對壁龕而坐，以銳利的目光環視四周。

不同於二樓的包廂，從那時候起，不忍池邊緣的大路便築起單調的賽馬柵欄，接著又歷經滄桑，成了單車競賽場，為了不讓人從大路往屋內窺望，面向不忍池的包廂外頭也圍起竹籬。圍牆與屋子之間有一道腰帶般狹長的地面，所以無法打造出堪稱庭院的空間。從末造所在的位置，可以望見兩、三棵靠在一起的梧桐樹，樹幹就像用油布擦過似的油亮。還看到一盞春日燈籠[56]。除此之外，就只有一些四處矗立的小柏樹。夕陽餘暉持續照耀，廣小路從往來的人們腳下揚起白色塵煙，但圍牆內灑過水的青苔則顯得無比翠綠。

不久，女侍送來蚊香和熱茶，詢問點菜。末造說等客人來了再點，打發女侍離開，獨自點了根菸吞雲吐霧。他剛落座時略感悶熱，但半晌過後，微微帶有各種香氣的徐風行經廚房和廁所一帶，不時從走廊吹拂而來。甚至毋需拿起女侍擱在一旁的骯髒圓扇來搧風。

末造倚著壁龕的屋柱，抽菸吐著煙圈，開始幻想。當初路過時看到阿玉，心裡想「這女孩真不錯」，但再怎麼說，畢竟還是個孩子。現在不知道長成怎樣的

55 印半纏：印有店名記號的短上衣。

56 春日燈籠：底座是圓柱，上方是六角形的燈籠。

女人了？她會以什麼模樣來見我呢？總之，老先生也會跟她一起來，著實不妙。不知道能否想辦法早點打發老先生回去？二樓開始有人在為三弦琴調音。

走廊傳來兩、三個人的腳步聲。「客人來了。」女侍率先探頭說道：「來，進去吧。老爺是位通曉世故之人，大可不必顧忌。」以紡織娘鳴唱般口吻發話的，是居中牽線的老太太。

末造突然起身離席，來到走廊觀看，只見弓著背、站在轉角處牆邊躊躇不前的老先生背後，站著一名女子，不顯一絲怯色，正東張西望，似乎覺得很新奇，她正是阿玉。印象中的她有張豐腴的圓臉，是個可愛的女孩，但不知何時已變成細長的臉，身材也比以前修長許多。她梳著一頭模樣清爽的銀杏返，在這種場合，她不像一般人那樣濃妝豔抹，幾乎可說是脂粉未施。這與末造原本的想像截然不同，更有一種說不出的美。末造就像要把她吸進眼中般，看得目不轉睛，感到心滿意足。至於阿玉，她打算賣了自己來解救父親脫離貧困，所以不管買方是怎樣的人，她都無所謂，是抱持捨身的決心前來。不過當她看到膚色微黑、銳利雙眼中帶有一絲可愛的末造一身高雅而不花稍的穿著，頓時像是重拾已捨棄的性命般，感受到剎那的滿足。

末造恭敬地對老先生說：「請往那兒走。」手指包廂的方向，同時目光移向阿玉，向她催促一聲：「來。」他先在包廂裡安置好兩人後，把居中牽線的老太太叫向一旁，朝她手裡塞了個紙包，悄聲說了幾句話。老太太露出一口髒牙，上頭滿是黑齒剝落的痕跡，臉上流露既像恭敬、又像鄙夷的笑容，低頭行了兩、三個禮，就此離開。

回到包廂後，末造看到這對父女頗為顧忌地擠在門邊，便和善地請他們就座，並且向等在一旁的女侍點菜。很快便送來了酒，還附上下酒菜，末造先向老先生勸酒，聊了幾句後發現，老先生原本也都過著這等身分的生活，不像是臨時才打扮得光鮮亮麗到包廂作客的人。

起初末造覺得老先生很礙事，感到心頭煩躁，後來和他逐漸產生情感交流，還展開出乎預料的懇切交談。末造極力展現自己所具備的一切良善特質，同時也對偶然有這麼適當的機會，能讓個性溫順的阿玉對自己產生信賴，感到無比欣喜。

當菜肴端上桌時，宴席的氣氛變得像一家人出外遊玩，順道上餐館用餐一樣。末造平時對妻子都擺出暴君般的姿態，妻子對他有時反抗，有時屈從，因此在女侍離去後，他看到阿玉羞紅的臉蛋滿溢嫻淑的微笑、在一旁斟酒，生平第一次感受到平淡而樸實的歡樂。末造雖然在宴席中無意識地感覺到宛如幻影般浮現的幸福之影，卻沒反省為什麼自己的家庭生活嘗不到這種滋味，也沒仔細考慮過要繼續維持這種地下情，需要多少的承諾，而自己和妻子是否能滿足這樣的承諾。

牆外突然傳來敲響竹板的聲響，接著有人道：「來嘍，請捧個人場。」原本在二樓的三弦琴樂聲戛然而止，女侍抓著扶手說了些話。底下開始有人用歌舞伎演員的聲調說道：「好了，這樣的話，就表演成田屋[57]的河內山[58]和音羽屋[59]的直侍[60]，首先是河內山。」

前來更換酒壺的女侍道：「咦，今晚是來真的呢。」

「難道有真有假，各種都有？」末造不解其意。

「不，最近大學生都會四處表演。」

「也一樣會敲竹板嗎？」

「會。從服裝到其他東西，全都學得有模有樣。不過一聽聲音就知道。」

「這麼說來，是固定的人馬嘍？」

「是的，就只有一位。」女侍笑道。

「大姊，妳認識這個人吧。」

「認識，因為他也常到這兒來。」

57 成田屋：歌舞伎演員第九代市川團十郎（一八三八－一九〇三）的屋號。

58 河內山：河內山宗俊，狂言《天衣紛上野初花》中的主角。

59 音羽屋：歌舞伎演員第五代尾上菊五郎（一八四四－一九〇三）的屋號。

60 直侍：《天衣紛上野初花》中，和河內山一起做壞事的人物。

老先生在一旁插話道：「學生當中，有的也挺靈巧的。」

女侍沒答腔。

末造莫名地笑道：「我看那都是一些在學校裡功課不好的學生。」接著在心中想著那些常來找他的學生，當中有人很會模仿工匠，常以工匠的措辭用語說「到妓院門口光看不進，挺有意思的」。但末造萬萬沒想到有人會認真地在路上模仿歌舞伎演員的語調。

阿玉一直默默聆聽眾人的談話，末造朝她瞄了一眼，向她問道：「阿玉小姐，妳欣賞哪位演員？」

「我沒有欣賞的演員。」

老先生在一旁補充道：「因為她都沒去看戲。由於柳盛座就在附近，街上的年輕姑娘都會去看，不過阿玉完全沒去過。聽說愛好此道的姑娘，一聽那『咚鏘』的聲響，就無法靜靜待在家裡了。」

老先生忍不住在言談間誇耀起自己的女兒。

捌

一切談妥後，阿玉便搬進了無緣坡。

末造原本把搬家想得很簡單，沒想到還是多少有些麻煩事。阿玉希望父親盡可能住附近，自己才能經常探望他，多方關照。打從一開始，阿玉就打算將自己手頭大部分的錢都撥給父親，為了讓年過六旬的父親過得自在，還想雇用女侍貼身照顧。這麼一來，就可以不必再讓父親住在緊鄰鳥越的人力車行、模樣寒酸的房子了。既然都是搬家，希望索性能搬到這附近來。就像原本見面時，理應只找女兒一人前來，但結果連她父親也一同出席一樣，末造原本打算只要準備好供小妾住的房子就行了，現實情況卻是得同時讓他們父女倆一同搬家。當然了，阿玉說父親搬家一事，是她自己自作主張，所以不希望給老爺添麻煩。但既然都聽聞此事了，末造自然沒有佯裝不知的道理。自從見面後，他對阿玉更加中意，很想和之前一樣，在她跟前展現慷慨的一面，在這種心態的推波助瀾下，他讓阿玉搬往無緣坡的同時，也讓岳父住進先前看過、位於池之端的房子。既然現在自己成了阿玉商量的對象，儘管阿玉說她想用自己手頭的錢來打理所有事，末造也無法對這些麻煩事裝作視而不見，動不動就得花錢。居中牽線的老太太見到末造如此花錢，眉頭連皺也不皺一下，經常為之瞠目結舌。

待兩邊的搬家風波平靜下來，已是七月中旬的事了。阿玉那純真的說話口吻和儀態似乎很討末造喜歡，而在放高利貸的工作上極盡展現其嚴苛本性的末造，對阿玉卻是百般溫柔，幾乎每晚都會到無緣坡報到，極力討好阿玉。這方面展現了另一種特質，就像歷史學家常說的「英雄不為人知的另一面」。

末造從未過夜，但幾乎每晚都來。在先前那位老太太的介紹下，屋裡安插了十三歲的下女，名叫阿梅，她在廚房工作，感覺就像小孩在玩扮家家酒似的，阿玉沒人可以談天，感到百無聊賴，每到黃昏時分，就滿心期待老爺可以早點到來，發現自己這樣的改變，她忍不住笑起了自己。先前在鳥越時，父親出門做生意後，阿玉總是獨自在家做些副業，並時時勉勵自己，「如果做完這些的話，不知道能賺多少錢。爹回家後看了，一定會很吃驚吧」，所以向來和附近女孩不熟的阿玉，並不曾感到無聊。現在她才明白，當人不再有生活上的辛勞時，便會開始感到無聊。

儘管如此，阿玉的無聊，每到傍晚就會有老爺前來撫慰，倒也不以為苦。奇怪的則是搬往池之端的老先生，他過去一直為生活奔波操勞，現在突然日子過得太舒坦，感覺就像被狐狸耍了似的，整個人茫茫然。而以前在小小的燈光下，和阿玉一起閒話家常，父女倆融洽共度的夜晚，彷彿已成了逝去的美夢，令他倍感思念。老先生一直覺得阿玉可能會來探望他，總是靜靜等候。但過了好些時日，阿玉卻一次也沒來過。

起初的一、兩天，老先生搬進漂亮的房子，心中很是歡喜，只讓鄉下來的女侍負責汲水、煮飯的工作，至於整理打掃，他全都自己一手包辦，一想到缺什麼東西，就派女侍到仲町買回來。每到傍晚，他總是一面聆聽女侍在廚房忙碌發出的聲響，一面朝扶手窗外種植日本金松的地方灑水，然後抽根菸，望著上野山上的烏鴉喧鬧、中島弁財天神社的森林、蓮花盛開池面瀰漫的霧氣。老先生原本心中無限感謝，覺得暢快適意。但從那時候起，他開始產生不滿足的心境，因為如今阿玉已不在身邊——打從嬰兒時期便由他自己一手帶大、就算什麼也沒說彼此也能心意相通的阿玉，對任何事始終都那麼溫柔的阿玉，只要他從外頭回來就會在家等候的阿玉。他坐在窗邊觀看池塘景致，望著路上往來的行人。剛才有隻肥大的鯉魚躍出水面。剛才路過的歐美婦人帽子上立著一隻鳥。每次他都很想說「阿玉，妳看那個」。沒有阿玉在身邊，令他感到不滿。

三、四天過後，他益發煩躁不安，女侍來到他身邊，不管做什麼，他都不高興。他有好幾十年沒使喚過傭人了，再加上他原本個性溫和，所以也沒發牢騷。不過，女侍所做的每件事都不合他的意，這令他忿忿不平。與舉止溫順、不管做什麼都那麼輕柔的阿玉相比，這名剛離開鄉下的女侍實在叫人無法忍受。最後在第四天服侍他吃早餐時，他撞見女侍的大拇指插進湯碗中，忍不住說道：「妳不用再服侍了，站到一旁去吧。」

吃完早餐，望向窗外，發現天空雖然灰雲迷濛，卻沒有下雨的跡象，這樣反而比晴天涼快舒適，所以他想出外散散心。不過，他還是擔心阿玉會在他外出時前來，走在池畔時，仍不時回頭往家門口窺望。不久，他從茅町和七軒町中間往無緣坡的方向走去，來到一處架著小橋的地方。本想到女兒家看看，但總有種正經嚴肅的感覺，連他自己都感到莫名見外。如果自己是母親的話，想必不論在何種情況下都不會有隔閡，他在心裡直呼不可思議，也不過橋，就這樣一直在池邊閒步。當他猛然回神時，發現末造家就在水溝對面。這是當初居中牽線的老太太從新房子窗口指著告訴他的。仔細一看，外型確實氣派，高大土牆外圍還斜斜釘上削尖的竹子。隔壁鄰居聽說是一位了不起的學者，姓福地，屋子占地是很寬廣，但建築老舊，和末造家相比，看不出有任何華麗或威嚴。他在原地逗留了半晌，望著白天同樣大門緊閉的白木造後門，不過他完全沒有想入內觀看的念頭。他其實什麼也沒想，就只是有種空虛的孤寂感襲來，令他在原地愣了半晌之久。

若用言語來表達，只能說這是落魄父親將女兒嫁給人做妾的感慨。

一個禮拜過去，女兒還是沒來。想念的思緒攻入胸口，深深潛藏心底，他忍不住猜疑：女兒該不會是過起了好日子，就忘了親爹吧？這個疑問極其淡薄，應該說，就像是刻意要引起這樣的疑問，拿它逗著玩，雖然心中猜疑，但他並不會因此憎恨女兒。這就像是跟人說話時刻意講反話，說什麼「要是真能憎恨自己女兒就好了」，這不過是他內心表面一時的想法罷了。

儘管如此，老先生最近有時會這麼想：「老是待在家裡，就會不自主地胡思亂想，所以我今後要到外頭去，不過，要是之後女兒前來找我，而沒能遇上，她應該會很遺憾吧。就算不感到遺憾，也肯定會覺得自己專程前來，卻白跑一趟。讓她這麼想也無妨。」老先生心裡這樣打算，便離開家門。

來到上野公園，他找到一處正好有遮蔭的長椅，坐了下來，望著披上遮篷的人力車穿過公園，同時在心裡想像，會不會女兒剛好趁他不在家時前來，因看不到他而慌張呢？這時候的感覺，就像是想試著在心裡說一聲「妳活該」，並以此測試一下自己的心情。近來晚上有時會到吹拔亭聽圓朝[61]說故事，或是聽駒之助[62]表演義太夫[63]。老先生儘管人在戲場，還是想像著女兒會不會在他外出時前來。接著又猛然想到，女兒該不會也在戲場裡頭吧？然後像在挑選似的，朝梳著銀杏返髮髻的年輕姑娘逐一細看。有一次中場休息結束時，一位壓低帽緣、戴著當時相當罕見的巴拿馬草帽、身穿麻質浴衣的男子，帶著一名女子來到後方的二樓，女子頂著一頭銀杏返，手抓著扶手而坐，俯視下方的客人。一時之間，老先生以為是阿玉。但仔細一看，對方的臉比阿玉還圓，個子也比較矮。而且戴著巴拿馬草帽的男子不光只帶那名女子，他背後還有三位分別梳著島田髻和桃割[64]的女子，全都是藝妓或藝妓學徒。坐在老先生身旁的學生說道：「喲，吾曹老師[65]來

61 圓朝：三遊亭圓朝（一八三九－一九〇〇），從江戶末期活躍至明治年間的落語家。
62 駒之助：生卒年不詳，當時女流義太夫的當紅人物。
63 義太夫：江戶時代前期，竹本義太夫創始的淨瑠璃之一種。
64 島田髻和桃割皆是未婚女子的髮型。
65 福地源一郎別號吾曹老師。

了。」戲場表演結束返家時，看見一名女子手持一盞長柄燈籠，上頭斜斜地寫著「吹拔亭」三個紅字，後頭跟著好幾名藝妓和藝妓學徒，送戴巴拿馬草帽的男子離去。老先生時而走在一行人身後，時而走在前頭，回到自己家門。

玖

阿玉從小沒跟父親分開過，她很想去看看父親現在過得怎樣。但老爺幾乎每天都來，她擔心自己要是不在家，惹得老爺不高興，那可就不好。所以她雖然每天惦記此事，卻還是無法到父親的住處探望。老爺從未待到早上，有時早一點，晚上十一點便回家去了。有時他會說：「今天我又得去其他地方，所以繞來看妳一下。」坐在箱型火盆對面，抽完菸就回去了。但阿玉無法清楚看出老爺哪天不會來，所以她無法拿定主意出門。如果白天出門，倒也不是不行，只不過她家的下女根本還只是個孩子，把一切都交給她處理，實在不放心。而且總覺得自己會被附近的人們看見，故而不想白天出門。起初連到坡下的澡堂洗澡，她也都會吩咐下女：「妳去看看現在是不是人比較少了」，先派人去探探情況，然後再悄悄前往。

即使平安無事，阿玉還是如此擔心受怕，而真正令阿玉大吃一驚的事，就在她搬來這裡的第三天發生了。她搬來當天，蔬果店和魚店都帶著帳本前來，請求惠顧。這天，魚店沒到家裡送貨，她打算派阿梅到坡下一趟，買些切好的魚肉回來。阿玉並不想每天吃魚，她平時不喝酒的父親說，只要是對健康無害的菜，什麼都好，所以她養成以現有食材湊合一餐的習慣。然而，曾有附近的貧苦人家閒言閒語：「那戶人家已連續好幾天都沒沾葷腥呢。」要是讓阿梅覺得不滿足就不好了，這樣對厚待自己的老爺也委實過意不去。基於這樣的想法，她才特地讓阿梅到坡下的魚店露臉。阿梅回來時卻哭喪著臉。問她是怎麼回事，她回答說，她找到一家魚店，走進店內，結果發現不是先前送魚到家裡來的店家。老闆不在，只有老闆娘顧店。應該是老闆從河岸返回後，把魚貨往店內一擺，就出門找顧客做生意去了。店裡有許多看起來很新鮮的魚。阿梅看中一盤色澤不錯的竹筴魚，便開口詢問價格。結果老闆娘問：「沒見過妳這位女侍。妳是哪家人派來買魚的啊？」於是阿梅便道出自己是來自哪戶人家。老闆娘一聽，突然板起臉孔道：

「哦，這樣啊。對妳很不好意思，妳請回吧。妳說的那戶人家是放高利貸的，我們店裡沒有魚可以賣這種人養的小妾。」就此臉轉向一旁，抽起了菸，完全不搭理。阿梅覺得很不甘心，卻也無心再到其他魚店去，就此跑回家中。然後在主人跟前面露歉疚之色，斷斷續續地將魚店老闆娘說的話又重複了一遍。

阿玉聽著，臉色和嘴唇都變得蒼白，接著沉默良久。在這名不諳世事的女孩心中，各種情感混沌交錯，連她自己也無法解開交織纏亂的線繩。而紛亂的情感，在這名被出賣的純潔玉女心頭施加了沉重的壓力，使她全身的血液都流入心臟，臉上血色盡失，背後冷汗直冒。像這種時候，最早注意到的都不是特別重要的事，此時阿玉首先想到的是：「發生這種事，阿梅會不會說她無法繼續待下去了？」

阿梅靜靜望著主人面無血色的臉龐，她只知道主人這時候非常困擾，但不清楚她是為了什麼事困擾。剛才一時氣憤難平就跑了回來，但她這才發現，午餐要用的菜都還沒張羅好，再這樣下去實在對主人難以交代。就連剛才帶出門的錢，也還夾在腰帶裡沒拿出來。「真沒見過那麼討厭的老闆娘。那種店賣的魚，誰要買啊！前面再過去一點的小稻荷神社附近，還有另一家魚店，我這就去買回來。」阿梅像在安慰似的望了阿玉一眼，便站起身來。阿玉知道阿梅是站在自己這邊，深受這剎那的喜悅所感動，反射性地頷首微笑。阿梅立刻快步走出家門。

阿玉之後仍維持原樣，沒有任何動作。緊繃的情緒略微鬆懈，逐漸湧現的淚水幾乎奪眶而出，她連忙從袖口取出手帕按住眼睛。此時她心中傳來一陣陣吶喊，不斷喊著：「我不甘心、我不甘心。」這是她心中混沌不明的念頭所發出的聲音。當然她不是因為魚店不肯賣魚給她，或是因為明白自己是這種別人不肯賣東西給她的身分，而就此感到悲傷、不甘心，也不是因為得知她倚賴的末造是個放高利貸的人而心生憎恨，或是想到自己委身給這種男人感到哀戚後悔。阿玉隱約也知道，高利貸是一種惹人厭、被人嫌棄的可怕東西。父親只向當鋪借過錢，儘管有時當鋪掌櫃很固執，不同意父親想借的金額，但父親也只會說一句「真傷腦筋」，而不會說掌櫃不講理，甚至加以怨恨。所以就像小孩子覺得妖怪可怕、警察可怕一樣，儘管阿玉知道高利貸是一種可怕的東西，卻沒有多深切的感受。既然如此，是什麼讓她這麼不甘心呢？

阿玉抱持的不甘心，其實沒什麼怨天尤人的含義在。若真要說它帶有什麼恨意，那應該就是怨恨自己的命運吧。自己明明沒做什麼壞事，卻非得承受別人的迫害不可。她感到很痛苦。所謂的不甘心，指的就是這種痛苦。想到之前自己遭人欺騙、拋棄時，她第一次感到不甘心。接下來，當她前不久被迫得嫁人做妾時，她再次感到不甘心。而現在，她得知自己不光只是個小妾，而且還是人人討厭的高利貸業者的小妾時，最近被「時間」的牙齒咬去了稜角，被「死心」之水洗到褪色的「不甘心」，又再次呈現出清晰輪廓和強烈色彩，浮現阿玉心頭。鬱結在阿玉心中的事物，若是真要條理清楚的加以分析，它真正的本體應該就是這麼回事吧。

半晌過後，阿玉起身打開壁櫥，從仿象皮皮包中取出自己親手縫製的白金巾圍裙，繫向腰間，長長嘆了口氣後，走向廚房。雖然一樣是圍裙，但這條絲綢圍裙可說是她的漂亮衣服，向來都不會穿著它到廚房。她連浴衣沾上領垢都感到厭惡，所以在髮鬢和髮髻會碰觸的衣領處，都會先摺好手巾鋪上。

阿玉此時心情已平靜許多。死心，是這女人最常體驗的心理作用，在這方面，她的精神就像上過潤滑油的機械般，已造就出能順暢運作的習慣。

拾

那是某天晚上發生的事。末造前來，坐在箱型火盆對面。從第一天晚上起，阿玉總是一見末造到來，就拿出座墊，擺向箱型火盆對面。末造盤腿坐在座墊上，邊抽菸邊陪她閒聊。阿玉就像不知道手該往哪兒擺似的，在自己所坐的地方不斷撫摸火盆邊緣、把玩火筷，同時彷彿害羞一般，回答都很簡短。她這模樣，好像只要一離開火盆坐到其他地方，就會不知道該如何自處。如同憑藉火盆這個要塞，與敵人微微接觸一般。聊了一會兒後，阿玉突然膽子大了起來，開始越說越多。不過大都也只是過去和父親兩人一同生活時，所經歷的一些微不足道的喜怒哀樂。與其說末造是在聽她的談話內容，不如說是在聽他養在籠裡的鈴蟲鳴唱，聆聽那可愛悅耳的聲音，他不由自主地面露微笑。這時阿玉突然發現自己太多話了，她臉泛紅霞，話說到一半便打住，又重回原本簡短的對話。她的談吐舉止都顯得分外天真無邪，看在習慣用銳利目光觀察別人的末造眼中，就像望著一盤澄澈如鏡的清水，他可以看清楚每個角落，無所隱藏。對末造而言，這種迎面而坐的滋味，好似在徹底活動筋骨之後，泡進舒服的熱湯中，靜靜地讓全身保持溫熱一般，說不出的舒暢。這種滋味對末造來說，也是一種全新的體驗，末造開始殷勤拜訪這裡之後，就像猛獸被人馴服一樣，在無意識中接受了一種教化。

過了三、四天，每當他照慣例盤腿坐向箱型火盆對面，阿玉就會沒事裝忙，似乎靜不下心來，末造也漸漸發現了這點。起初阿玉確實會因為害羞而避開和他目光交會，或是費了好一番工夫才回話，但今晚阿玉的舉動似乎有什麼特別原因。

「喂，妳在想什麼？」末造朝菸斗裡塞菸草，如此說道。

阿玉刻意將整理過的箱型火盆抽屜拉出一半，明明沒東西好找，卻偏往裡頭瞧，她回答一聲「沒有」，睜著大眼望向末造。她並不知道什麼過去的祕密，那眼神也不像是藏有什麼多大的祕密。

末造不禁蹙起眉頭，又不禁舒顏展眉。「沒有才怪。妳臉上清楚寫著『傷腦筋，怎麼辦才好、怎麼辦才好』。」

阿玉馬上滿臉通紅，接著沉默了半晌，思考著該如何啟齒才好。她的行為一目了然，就像可以透澈看見精細的機械運作般。「我從老早以前就一直想去看家父，卻拖了這麼長的時間還沒去。」

儘管看得出精細的機械是如何運作，卻看不出它要做什麼。昆蟲隨時都得避免遭受比自己強大的生物攻擊，所以具有擬態功能。女人則是會說謊。

末造笑逐顏開，以斥責般的口吻說道：「什麼嘛，他明明就搬到離這裡沒幾步遠的池之端，妳竟然都還沒去看他？想到我對面的岩崎宅邸，你們這樣簡直就像同住一個屋內。只要想去就去得了，就算現在去也行，好了，妳就明天一早去吧。」

阿玉以火筷玩弄著火灰，偷瞄末造的神情，「不過，我也考慮了很多事，所以才……」

「別開玩笑了。這種事有什麼好考慮的。妳要長不大到什麼時候啊。」這次連聲音都顯得溫柔。

這件事就此解決。最後末造甚至說，既然妳覺得麻煩，那我明天早上親自跑一趟，帶妳走四、五百公尺遠的路去看妳爹吧。

阿玉最近想了許多事。與老爺見面後，目睹眼前他那可靠、機靈、溫柔的模樣，對於他為什麼要從事這種討厭的生意，感到百思不解，甚至想好好和他談談，看能否改做正經生意，淨想這種不可能成真的事。不過，目前她還不覺得末造是個討厭的人。

末造微微察覺阿玉心底隱瞞了什麼，試著加以打探，發現她十足孩子氣，根本什麼事也沒有。但當他晚上十一點步出家門，緩緩走下無緣坡時，又仔細想了想，覺得阿玉心中似乎還潛藏著什麼。末造那熟練的敏銳觀察力，完全沒漏看這點跡象。末造甚至推測，該不會是有人對阿玉說了什麼，讓她產生這種尷尬的情緒吧。最終他還是無從得知是誰對阿玉說了什麼。

拾壹

隔天早晨，阿玉來到父親位於池之端的家中時，父親剛吃完早餐。沒另外花時間化妝的阿玉，雖然擔心來得太早，但還是急著趕來。早起的老先生已將門口打掃乾淨，灑好水，接著洗好手腳，走上全新的榻榻米，一如平時，吃完落寞的一餐。

隔兩、三間屋子遠的地方，最近開了一家茶屋，每到傍晚就喧鬧不已，兩旁同樣也是格子門緊閉的人家，早上這段時間四周尤其安靜。從扶手窗往外望，可以從日本金松的枝椏間看到隨著涼爽晨風微微搖曳的柳絲，以及前方開滿池面的蓮葉。在這片綠意中，到處都可以看見今天一早才綻放的花朵，宛如滴落點點淡紅。雖然有人質疑朝北的房子不是很冷嗎？但夏天時卻是大家搶著想住的好地方。

打從阿玉懂事起便常在心裡想，自己日後若得到幸福，要幫父親做許多事。而正如此時眼前所見，能讓父親住進這樣的房子，可說是已完成自己生平的願望，她不勝欣喜。然而，這份喜悅中夾雜了一滴苦澀之物，要是沒有它，今天早上和父親的這場相會，不知會有多開心，對於世事無法盡人如意，她有了煩躁的深切體認。

老先生擱下筷子，喝著茶杯裡倒好的熱茶時，看到那扇至今仍未曾有人前來拜訪的大門開啟。他為之一驚，擱下茶杯，望向入門臺階的方向。雙褶的葦簾屏風仍遮著來客的身影，阿玉叫喚「爹」的聲音卻已傳進屋內，老先生很想馬上起身前往迎接，但他強忍了下來，坐著不動。他趕忙在心中思忖該如何回話才好。本想說一句「妳總算沒忘了我」，但看到急急忙忙進門、一臉懷念來到身旁的女兒，這句話實在說不出口，儘管對自己這樣的表現很不滿，但他還是默默望著女兒。

哎呀，多美的女孩啊。他深感自豪，儘管家境貧困，卻沒讓她幹粗活，他自認把這女兒養得潔淨又漂亮，但才短短十天不見，阿玉恍如脫胎換骨一般。不管過的是多麼忙碌的生活，女兒也會基於本能，不讓肌膚沾上任何汙垢，但與最近刻意保養身體的情況相比，老先生記憶中的阿玉，可說是一塊未經琢磨的璞玉。不論是父親看女兒，還是老人看年輕人，美就是美。而在美麗的事物緩和人心的威力下，不論是父親還是老人，都不得不屈服。

刻意不說話的老先生，原本打算板起臉孔，卻不經意地轉為和顏悅色。阿玉也因為置身在全新的處境下，面對從小不曾有過一日別離的父親，儘管很想和他見面，但畢竟已整整十天不見，原本想說的話一時說不出口，就只是喜孜孜地望著父親。

「餐盤可以收走了嗎？」女侍從廚房露臉，以飛快的速度問道，語尾還微微上揚。阿玉聽不慣，一時不懂她在說些什麼。女侍梳著櫛卷[66]的小頭底下有一

66　櫛卷：女性髮型名稱，以髮梳纏捲而成。

張胖臉，看起來很不協調。她的臉顯得不太客氣，似乎又帶點驚訝，緊盯著阿玉瞧。

「快點收走餐盤，重新沏茶。就用層架上的青茶。」老先生說著，將餐盤往前一推。女侍端著餐盤走進廚房。

「哎呀，大可不必用好茶招待我。」

「說什麼傻話。我這裡還有茶點呢。」老先生站起身，從壁櫥裡取出一個馬口鐵罐頭，將雞蛋煎餅裝進點心盤，「這是寶丹[67]後方一家店做的。這一帶生活便利，一旁的小巷裡還有如燕[68]醬燒。」

「之前和爹您一起到柳原的戲場聽說書時，如燕談到豪華料理，還說好吃的程度足以跟自己店裡的醬燒相比擬，逗得大家都笑彎了腰。真是一位福態的老先生呢。他一來到表演臺上，便猛然一個轉身坐下，我覺得很滑稽。爹要是也跟他一樣胖就好了。」

「像如燕那麼胖哪受得了啊。」老先生如此應道，將煎餅遞向女兒面前。

不久，熱茶送來了，父女倆就像昨天和前天仍一起同住似的，天南地北閒聊起來。老先生突然很難以啟齒似的說道：「最近情況如何？老爺常來找妳嗎？」

「嗯。」阿玉只應了一聲，一時間不知該如何回答才好。末造何止是常來，根本就是每晚都報到。如果只是因為女兒嫁人，而問兩人的關係如何，阿玉應該就能很開朗地回上一句：「非常好，請爹放心。」但是照自己現在的身分來看，老爺每晚都來找她，令她心生內疚，難以啟齒。阿玉思忖片刻後說道：「嗯，情況還算不錯，爹，你可以不必為我擔心。」

「那就好。」老先生如此說道，但總覺得女兒的回答語帶保留。不論是問話者還是回答者，都在無意識下含糊以對。過去兩人無話不談，彼此之間從未有任何祕密，但現在不管再怎麼排斥，還是藏了心事，而且問候時還得相敬如賓。之

67 寶丹：位於池之端仲町的藥鋪「守田寶丹」。

68 如燕：桃川如燕（一八三二－一八九八），一名說書人，其副業是經營醬燒店。

前招了個壞女婿，遭到惡意欺騙時，儘管覺得在鄰居面前抬不起頭來，但父女倆心底都有一致的念頭，認為錯在那個男人，所以兩人交談時完全沒任何顧慮。現在與當時不同，儘管是父女倆一同做的決定，而且婚事也順利談妥，過著不愁吃穿的生活，但此刻在兩人的親暱交談中，卻有一股蒙上暗影的悲哀。老先生想從女兒口中聽到更具體的回答，便採取另一個角度詢問道：「他是個怎樣的人？」

「這個嘛……」阿玉側著頭尋思後，以自言自語般的口吻補充道：「我不覺得他是個壞人。雖然相處的日子不算長，但他不會口出汙言穢語。」

「嗯。」老先生應了一聲，露出不太理解的神情，「他本來就不會是壞人吧？」

阿玉與父親四目交接，突然感到一陣心悸。她心想，今天前來想對父親說的話，現在正是說出的好時機，但好不容易才讓父親過上好日子，阿玉想讓他放心，實在不忍心又為他帶來新的痛苦。想到這點，阿玉強忍著與父親之間隔閡越來越大的不快感，在自己這個身分見不得光的祕密背後，還有另一個祕密。她今日帶著祕密前來，但在關鍵時刻她拿定主意，決定不掀開蓋子，帶著祕密回去，於是她轉移話題。

「聽說他做了很多事，才能夠白手起家，累積財富，我不清楚他這個人的心性，所以原本有點擔心。該怎麼說好呢？感覺他是個很有男子氣概的人。雖然不清楚他真正的為人是否如此，但似乎是想給人這樣的印象，而刻意採取這種言行舉止。爹，就算是刻意，應該也沒什麼不好吧？」說完後，阿玉抬頭望向父親。不管是再老實的女人，像這種時候如果有心隱瞞，刻意顧左右而言他，可遠比男人要高明許多。而在這種情況下，話會變得特別多，這或許可說是女人誠實的一面。

「這個嘛，或許真是這樣吧。不過聽妳這種說話口吻，感覺好像不太信任自己丈夫呢。」

阿玉莞爾一笑，「我覺得自己越來越厲害了。今後不再讓人瞧不起我。很強悍吧。」

父親見自己向來都很溫順的女兒，難得將矛頭指向他，露出不安的神情望著她，「嗯，我這一生一直都被人瞧不起。不過，比起騙人，被人騙感覺還比較心安。不論做什麼生意，都絕不能對人不公不義，而且得珍惜對自己有恩的人。」

「你放心。爹不是常對我說『小玉妳就是太老實了』嗎？我是個很老實的人。但最近我常想，我不想再被騙了。我不說謊，不騙人，相對的，我也不要被騙。」

「所以妳的意思是說，連妳丈夫說的話，妳也不會輕易相信嗎？」

「沒錯。他簡直就把我當嬰兒看待。他是個聰明伶俐的人，也難怪會這麼想，不過我可不像他想的那麼幼稚。」

「那到底是怎麼回事？妳的意思是，妳發現丈夫之前說的話並不屬實嗎？」

「是啊。那位老太太不是說過很多遍嗎？說什麼他的妻子生下孩子後就過世，所以照顧他的人，就算不是正室，也跟正室沒兩樣。不過，因為顧及世人的眼光，出身貧寒的人不能住進他們家中。可是他的妻子明明還好端端地活著。他自己若無其事地說出這件事，嚇了我一大跳。」

老先生聽得雙目圓睜，「是嗎。媒人婆說的話果然不能盡信啊。」

「所以他對我的事一定極力保密，沒讓太太知道。既然會對太太說謊，對我也不會全都說真話。我也得小心提防，不能受騙上當。」

老先生抽著菸，連菸灰都忘了彈，就此茫然望著彷彿突然變得很厲害的女兒，而女兒也像猛然想起似的說道：「我該回去了。像這樣來過一遍後，就覺得什麼事都沒了，今後我每天都會來這裡看爹。其實在他叫我來之前，我因為有所顧忌，都不好意思來。昨晚我終於跟他提起這件事，先跟他知會過，所以今天早上才得以前來。到我家裡幫忙的下女還只是個孩子，連做個午飯我也得回去幫忙才行。」

「既然是跟丈夫知會過才來，那午飯可以在這裡吃完再走嘛。」

「不，這樣太怠慢了。我很快會再來的。爹，再見了。」

阿玉一站起身，女侍急忙前去擺好鞋子。雖然看起來不太機靈，不過當女人遇上女人時，絕對會加以觀察一番。某位哲學家說，就算在路上遇見，女人也會將其他女人當作自己的競爭者看待。即使是出身鄉下、會把大拇指插進湯碗裡的女人，也會在意長相美麗的阿玉，站在一旁偷聽。

「那妳就改天再來吧。代我跟妳丈夫說聲好。」老先生坐著說道。

阿玉從黑緞腰帶間拿出小錢包，抽了幾張鈔票給那名女侍後，穿上木屐走出格子門外。

阿玉原本想向自己仰賴的父親一吐心中的苦悶，一起感嘆造化弄人，才走進這扇門的。而此刻她卻精神百倍地走出門外，連她自己也覺得不可思議。父親好不容易才感到安心，她不希望父親再為她操勞，而且她努力想展現出強悍、堅韌的一面，聊著聊著，彷彿過去在她心中沉睡的某個東西就此覺醒，她覺得過去都倚賴別人的自己，現在已意外的獨立自主，她展露開朗的神情，走在不忍池畔。

太陽已經遠離上野山的山頂，光芒熾烈地照向大地，將中島弁財天神社染成一片赤紅，但阿玉依舊沒撐起她帶在身邊的那把洋傘，自顧自地走著。

拾貳

某天晚上，末造從無緣坂返家後，發現妻子已哄孩子入睡，自己仍醒著。平時她總是在孩子睡著後也跟著躺在一旁，這天晚上她只是坐著，微微低頭。她知道末造走進蚊帳內，卻沒轉頭看他一眼。

末造的床鋪就位在離最深處的牆邊不遠處。枕邊放著座墊，還擺了菸灰缸和茶具。

末造坐在座墊上吞雲吐霧，以溫柔的聲音問道：「怎麼啦？還沒睡啊？」

妻子不吭聲。

末造也不願再讓步。他心想，要是自己主動求和，她卻不領情，那一樣是白搭，於是他刻意佯裝若無其事，自顧自的抽著菸。

「您剛才去了哪裡？」妻子突然抬頭望向末造。自從家裡請了傭人之後，妻子說話的用詞逐漸變得文雅，但和他當面交談時，還是一樣粗魯。就只有「您」的稱呼維持不變。

末造以犀利的目光瞅了妻子一眼，卻沒回話。儘管已看出妻子似乎得知了什麼消息，但目前還推測不出消息的範圍有多大，所以暫時還不能開口。末造不是一個會胡亂說話、給對手提供資料的男人。

「我全都知道了。」妻子以尖銳的聲音說道，語尾轉為哭聲。

「妳別亂說。妳到底知道了什麼？」末造的口吻宛如發生了什麼令他大感意外的事，不過聲音倒像是在安慰人，無比溫柔。

「你太過分了。竟然這麼會裝蒜。」丈夫的冷靜態度，似乎反而加重了刺激，妻子的說話聲變得斷斷續續，頻頻以襯衣的衣袖拭淚。

「真傷腦筋。到底是怎麼回事，說來聽聽吧。我根本就丈二金剛，摸不著頭腦。」

「哎呀，竟然還說這種話。我明明就說得很清楚，我要您老實告訴我，您今晚去了哪裡。這種事真虧您做得出來。騙我說您是去談生意，結果卻是在外頭養小老婆。」那鼻梁塌陷的紅臉，就像是用淚水煮熟似的，崩塌的圓髻鬢髮黏了一小撮在臉上。她瞪大淚汪汪的雙眼，注視著末造的臉，接著移膝來到手拈金天狗[69]菸蒂的末造身旁，使足全力抱緊他的手。

「別這樣！」末造喝斥一聲，還甩開她的手，將掉落在榻榻米上的菸蒂擰熄。

妻子開始抽抽噎噎，再度抓緊末造的手，「不管去到哪兒，都有您這樣的人。不管多有錢，都只顧自己的老爺派頭，卻捨不得為妻子買件衣服，將孩子丟給妻子去照顧，自己樂得輕鬆快活，還在外頭養小老婆。」

「不是叫妳別這樣嗎！」末造再次甩開妻子的手，「會吵醒孩子的，聲音也會傳到女侍的房間。」他含糊的聲音加重力道，如此斥責。

么兒翻動身子，在睡夢中不知說了些什麼，妻子不自覺地壓低聲音道：「我

69 金天狗：香菸品牌。

到底該怎麼做才好？」接著她的臉抵向末造胸前，嚶嚶哭泣。

「哪有什麼該不該做的。妳就是人太好，才會受人煽動。說什麼養小老婆，這話到底是誰說的？」末造如此詢問，望著那不住顫抖的崩塌圓髻，腦中想著一個很悠哉的問題：醜女為什麼都喜歡梳這種不適合自己的圓髻呢？而在圓髻的震動越來越急促的同時，末造感覺到供給孩子們充足奶水的豐滿乳房緊緊抵向自己的心窩，猶如摟著懷爐一般。他又一次問道：「這話是誰說的？」

「是誰說的不重要。因為是千真萬確的事。」乳房的重壓又加重了幾分。

「這根本不是真的，所以誰說都不對。快說，到底是誰說的？」

「就算告訴您也無妨。是魚金太太。」

「什麼嘛，那根本就像狸貓說人話，聽得懂才有鬼。嘰哩咕嚕的，胡言亂語。」

妻子從末造胸前抬起臉來，很不甘心地笑道：「我說是魚金太太講的，您才這麼說吧？」

「嗯，原來是那個婆娘。我就猜是這麼回事。」末造流露溫柔的眼神，望著妻子氣呼呼的臉龐，緩緩點燃一根香菸，「記者們常說什麼『社會的制裁』，但我從沒見識過什麼社會的制裁。也許那個愛道人是非的傢伙，就是所謂的制裁。老愛管左鄰右舍的閒事。那婆娘說的話豈能當真？我這就告訴妳實話，妳可要聽清楚了。」

妻子就像頭上罩著迷霧般，一臉茫然，不過她覺得自己可能被丈夫欺騙的猜疑已經消失。她專注地望著末造，恭敬聆聽。剛才講到社會制裁時也是這種反應，每次只要末造看報紙，用艱深的字句高談闊論，妻子便會顯現畏怯之色，也沒搞清楚是怎麼回事，就乖乖臣服。

末造不時吞雲吐霧，像在下暗示般靜靜望著妻子，對她說：「妳應該也知道。以前大學還設在那裡的時候，有位吉田先生常到家裡來。就是戴著金邊眼鏡、衣服穿得很單薄的那個人。他常跑千葉醫院，看來他欠我的帳，這兩、三年是還不了了。吉田先生從以前住宿舍時就有一位老相好，直到不久前都是在七曲一帶租屋。起初每個月他都會送錢過去，但從今年起，不僅信不寫，連生活費也不送了。於是女方託我和對方交涉。我心想，她怎麼會知道我的事呢？原來是吉田先生曾經提過，他要是常往我家裡跑，被人瞧見可就麻煩了，所以他找我去他位在七曲的家中，和我談改立借據的事。從那時候起，那名女子就知道我的存在。這對我來說也是件麻煩事，不過我還是做個順水人情，替她交涉，卻遲遲談不出個結果。女方很不死心，一再拜託我。我心想，自己惹上了一個麻煩人物，真是燙手山芋。她還說想搬往房租便宜的乾淨地方住，請我幫她介紹，於是我安排讓她搬到切通那位當鋪老闆的父親原本住的房子。因為有不少瑣事要處理，前一陣子我常往那兒跑，留在那裡抽幾根菸，附近的人就開始閒言閒語了起來。聽說那裡隔壁住著一位裁縫師傅，家中總是聚集不少年輕姑娘，免不了人多嘴雜。世上有哪個笨蛋會在那裡金屋藏嬌啊？」末造道出此事，露出不屑的笑容。

妻子的小眼炯炯生輝，聽得很專注，這時她以撒嬌的口吻說道：「或許真像你說的那樣，但你常到那種女人的住處去，難保日後不會怎樣。畢竟是那種可用錢擺布的女人。」妻子在不知不覺間，忘了用「您」來稱呼。

「說什麼傻話。我已經有妳了，怎麼可能去招惹其他女人？我以前曾引發過什麼桃色糾紛嗎？我們彼此都已經不再是為愛吃醋吵架的年紀了。妳得有點分寸才行。」末造沒想到自己的辯解竟然奏效，暗自在心中唱起了凱歌。

「因為女人就喜歡像你這種男人，人家才會擔心嘛。」

「哼，妳這就叫作敝帚自珍。」

「什麼意思啊？」

「意思是說，只有妳才會喜歡像我這樣的男人。搞什麼，都一點多了。快睡吧。」

拾參

末造虛虛實實的解釋，似乎暫時澆熄了妻子的妒火，但效果當然也只是暫時的，只要實際存在於無緣坡的人不消失，就杜絕不了別人在背後說閒話或是告密。早晚會從女侍口中說出像「今天某某某又看到老爺走進那棟有格子門的人家」這樣的話語，傳進妻子耳中。不過末造多的是藉口，如果妻子問：「談生意不見得都要在晚上吧？」那就回答：「有人一早就在談借錢的事嗎？」末造在搬往池之端之前，凡事都是自己一個人處理，現在除了在住家附近設了一間辦公室外，甚至在龍泉寺町還有一間類似辦事處的屋子，讓學生可以不必為了借錢而遠地奔波。在根津有人急需用錢，就能到辦公室辦理。吉原有人要借錢，就能到辦事處辦理。後來吉原有一家名叫「西宮」的情色茶屋，與末造的辦事處關係密切，只要辦事處同意，就算客人沒錢也一樣能在西宮玩樂。儼然已編制成享樂的補給站。

末造夫婦並未再發生進一步造成夫妻失和的衝突，過了一段安穩的生活。也就是說，在這段時間裡，末造先前的詭辯發揮了功效。然而，某天卻從意想不到的地方露出了破綻。

這天丈夫在家，阿常[70]說要趁一早天涼出外採買，就此帶著女侍來到廣小路。回途路過仲町時，女侍突然從背後輕拉她衣袖。「幹什麼！」她語帶斥責地問道，望向女侍。只見女侍不發一語指向站在左側店面的一名女子，阿常不情願地望向她指的地方，不自主地停下腳步。這時女子轉過頭來，阿常與對方打了個照面。

阿常起初以為對方是藝妓。在這短暫的瞬間，她在心裡做了判斷，如果對方是藝妓，數寄屋町恐怕也找不到像她這樣全身上下美得無從挑剔的女人了。但緊

70 末造妻子的名字。

接著下個瞬間，她發現這個女人身上沒有藝妓的某樣東西。至於到底是什麼東西，一時也說不上來。如果真要說明的話，或許可說是一種誇張的態度吧。藝妓身上的和服都會穿戴得很講究，講究中一定會帶有幾分誇張。正因為誇張，才會喪失所謂的質樸。阿常覺得少了某樣東西，指的就是這份誇張。

站在店門前的女子，幾乎是在無意識下感覺到有人從身旁走過，便轉頭張望，但從擦肩而過的路人身上看不出有任何該注意的地方，所以她將洋傘靠向自己微微內旋的雙膝，從腰帶間取出一個小錢包，低頭往內窺望。她在找銀幣。

這家店是位於仲町南側的「慥柄屋」。「慥柄屋倒過來念的話，很像『烏白操』[71]。」曾有人這樣說過這家店名奇特的商鋪。他們販售牙粉，用印有金字的紅色紙袋包裝。當時牙膏尚未進口，說到上等的牙粉，就只有會散發牡丹香氣的岸田花王散，以及慥柄屋的牙粉了。站在店門前的女人不是別人，正是一早去過父親家，回程時順道前來買牙粉的阿玉。

阿常走了四、五步遠後，女侍悄聲道：「夫人，她就是住在無緣坡的女人。」

阿常頷首，不發一語，這句話對她沒造成多大的效果，令女侍頗感意外。阿常在看出那女人不是藝妓的同時，就出於本能明白她就是住在無緣坡的女人。而且如果只是因為前面有位美女，女侍應該也不會拉袖子提醒她，這樣的判斷幫助她釐清思緒。另外有一件意外的事產生了影響，那就是阿玉靠向膝蓋的那把洋傘。

那是一個多月前的事了。某天丈夫從橫濱回來，買了一把洋傘送她。傘柄特別長，傘面特別小。如果是由身材高大的歐美女人拿在手上當玩具，或許很適合，但拿在身材矮胖的阿常手中，說得誇張一點，簡直就像竹竿上掛著尿布一樣。所以她就這樣擱著，一直都沒撐過那把傘。傘為白色布面，上頭有藍染的細格子圖案。阿常清楚地認出，站在慥柄屋店門前的那名女子，拿的是一模一樣的洋傘。

71 慥柄屋的日文發音為「たしがらや」，倒過來念後音似「やらかした」，意思是「搞砸了，糟糕了」。

在繞過酒店的轉角，轉向池子的方向時，女侍像在討她開心似的說道：「夫人，我看那女人也沒多好嘛。五官扁平，而且個頭太高。」

「別說這種話。」阿常只回應了這麼一句，不搭理女侍，逕自前行。女侍自討沒趣，一臉不滿地緊跟在後。

阿常此時胸中激烈翻騰，無法清楚思考。此時她完全想不出該拿丈夫怎麼辦，要對他說些什麼。但她覺得自己得趕緊找到丈夫，對他說些什麼才行。接著她想到一件事。當初他買洋傘回來送我時，我是多麼開心啊。我沒開口拜託，他自己就主動買東西送我，這種事以前從未發生過。為什麼這次他會買禮物送自己，阿常覺得很不可思議，而她之所以感到不可思議，也是因為不懂丈夫為何突然關心起她來。現在仔細想想，可能是那個女人請丈夫買傘時，他順便買了一把送阿常。一定是這樣沒錯。我不知道是這麼回事，還滿懷欣喜呢。得到那種根本不會撐的傘，還無比感激。不光是傘，那女人的衣服和髮飾，也許全都是丈夫買來送她的。就像我現在撐著毛繻子[72]布面的傘，與那把進口洋傘的差異一樣，我和那女人的穿著截然不同。不光是我，我想讓孩子穿新衣，但他就是遲遲不肯買。還說什麼男孩只要有一件窄袖和服就夠了，女孩小時候買和服根本就是浪費錢。擁有數萬身價的男人，誰的妻小像我們母子這樣？如今仔細想想，也許都是拜那個女人之賜，他才會懶得搭理我們。之前說什麼她是吉田先生的女人，也不知道是真是假。也許早在七曲的時候，就已經養小老婆了。不，一定是這樣沒錯。他後來手頭闊綽，對自己的穿著和用品都開始捨得花錢，他都推說是要交際應酬的關係，但我看是有了那個女人的緣故。他哪裡都不帶我去，一定都帶那個女人在身邊。啊！真不甘心。

當她在思忖此事時，女侍突然大叫道：「哎呀，夫人，您要去哪兒啊？」

阿常大吃一驚，就此停步。她低著頭猛趕路，差點從自家門前走過。

女侍毫不顧忌地笑了起來。

---

72 毛繻子：縱向用棉線、橫向用毛線交織成的編織物。

拾肆

吃完早餐，收拾好餐具後，阿常出外採買，未造則是在家邊抽菸邊看報紙，但阿常回來後，已不見丈夫人影。如果他還在家，真不知道該對他說什麼才好，阿常原本打算要先揍他一頓，緊緊抓住他，狠狠數落他幾句，但當她抱持著這樣的心情回到家中，卻像是洩了氣的氣球。她得準備午餐才行。孩子很快就會需要的衣服內裡，也得趕快縫上去才行。阿常一如平時，像機械般忙碌著，這時，先前想要揍丈夫一頓的銳氣，已逐漸萎縮。過去也曾多次抱持以頭衝撞石牆般的氣勢和丈夫起衝突。但理應會抵擋她頭部衝撞的石牆，卻每次都成了避開攻擊的暖簾，令她大為吃驚。而每次聽丈夫用他那三寸不爛之舌說出頗有道理的解釋後，雖然不認同他講的種種，但最後不知為何，氣勢完全沒了。感覺今天的第一波攻擊也不太順利。阿常陪孩子吃午餐，替吵架的孩子們仲裁，縫衣服內裡。接著又開始準備晚餐，讓孩子們沖澡，自己順便也洗一下，點蚊香，吃晚餐。吃完後，孩子們出外遊玩，玩累了才返家。女侍從廚房走出來，在固定的位置上鋪床，吊起蚊帳。她叫孩子們都去上廁所，然後就寢。在丈夫的晚餐上頭覆蓋桌罩，並將茶壺掛在火盆上，擺在隔壁房間。丈夫沒回家吃晚餐時，她向來都這麼處理。

阿常很機械化地做著這些事，最後手持一柄圓扇走進蚊帳中坐下。這時她才得以清楚想像，現在丈夫應該是到一早在路上遇見的那名女子家去了。她此時的情況，實在無法讓她靜下心來坐著。怎麼辦？怎麼辦？當她如此思忖時，突然很想前往位於無緣坡的那戶人家瞧瞧。之前她到藤村買孩子最愛吃的鄉下豆沙包時，心裡想：「那位裁縫師傅隔壁的人家，應該就是這間房子吧？」便一邊瞧一邊從路旁走過，所以她知道有格子門的房子是哪一間。她很想前往一探究竟。燈影會照向外頭嗎？是否能微微聽得見說話聲？就算只有這樣也好，真想去瞧瞧。不，不能這麼做。如果要到外頭去，勢必得行經女侍房間旁邊的走廊。最近走廊的紙門拆了下來。阿松應該仍醒著，忙著在縫衣服。要是她問一句：「這麼晚了，您要去哪兒？」真不知道該怎麼回答。如果說是要出門買東西，阿松應該會說她去就行了。照這樣來看，不管再怎麼想去，都還是沒辦法悄悄前往。哎呀，到底該如何是好。今天早上回家時，很想早點和那個人見面，但當時要是真見了面，我會說些什麼呢？要是見了面，因為對象是我，他肯定又會扯東道西地說個沒完，然後又會隨口胡謅來騙我。他那麼聰明，就算我跟他吵架，也吵不贏他。乾脆保持沉默好了。但沉默又有什麼用？只要身邊有那樣的女人在，他根本就不會管我的死活。怎麼辦？怎麼辦？她反覆想著這些事，好幾次想法又回到原點。不久，她開始感到昏昏沉沉，腦袋一片混亂。但就算她將丈夫狠狠打一頓，也無濟於事，所以最後決定作罷。

這時末造走了進來。阿常刻意拿起圓扇，把玩著扇柄，默不作聲。

「哦，妳又怪怪的了。怎麼啦？」即使妻子沒像平時一樣向他問候一聲「您回來啦」，末造也沒生氣。因為他心情很好。

阿常沒答腔。她想避免衝突，但是一看見丈夫回來，一股不甘心的情緒湧了上來，她再也無法忍著不挺身反抗。

「妳又在想什麼無聊的事了？勸妳還是算了吧。」他伸手搭向妻子肩膀，搖了三、兩下後，坐向自己的床鋪。

「我正在想自己該怎麼辦才好。就算想離開這裡，又沒地方可去，而且還有孩子。」

「什麼？在想自己該怎麼辦？那就什麼都別做，不是很好嗎？天下本無事啊。」

「你當然能說得一副太平無事的樣子。最好我變成瘋子，你才高興。」

「這就怪了。說什麼變成瘋子，妳不至於會變成那樣。只要維持現狀就行了。」

「你再繼續耍我啊。反正我是個可有可無的人，你根本懶得理我，對吧？對了，我根本不算是可有可無，而是沒有我最好。」

「瞧妳說的，多彆扭啊。竟然說沒有妳最好。妳錯了。沒有妳的話，我可傷腦筋呢。就算妳都只是在照顧孩子，那也是很重要的角色啊。」

「只要之後來一位漂亮的後母，不就能照顧孩子了嗎？只是孩子們會變成繼子就是了。」

「真搞不懂妳。只要父母都在，就不會變繼子了，不是嗎？」

「是嗎？真是這樣嗎？你想得可真美。你打算持續到什麼時候？」

「我哪知道啊。」

「是嗎。你明明拿同樣一對洋傘送給了美女和醜女。」

「哦，妳在說些什麼？感覺像是在說笑話呢。」

「沒錯，反正我這個人也不會說什麼正經玩笑。」

「我希望妳別開玩笑，說正經一點。妳說的洋傘，到底是指什麼？」

「你自己心知肚明吧。」

「我哪知道啊。完全聽得一頭霧水。」

「那我就告訴你吧。你之前不是從橫濱買洋傘回來嗎？」

「怎麼了嗎？」

「你不是專為我買的吧？」

「不是專為妳買的，不然是買來送誰？」

「不，你沒說真心話。你是想買來送給無緣坡的那個女人，順便送我，所以才買了我的份，對吧？」雖然打從剛才就一直在談洋傘的事，但現在具體說出後，阿常那種不甘心的情緒就整個湧上來了。

這句話說得當真是「一針見血」，末造為之一驚，但他反而流露出一副受夠了的表情。

「說什麼蠢話嘛。妳是說，我買給妳的傘，吉田先生的女人同樣也有一把，是嗎？」

「一定是因為你買同樣的雨傘送她，她才會有那一把。」阿常的聲音變得尖銳許多。

「什麼嘛。妳可真讓人傻眼。控制一下自己好不好。原來如此，我在橫濱買傘時，他們說那是樣品，現在在銀座一帶肯定已隨處都在販售了。戲裡常有這樣的情形，這真的是莫須有的罪名啊。這又是怎麼回事？妳在哪裡遇見吉田先生的女人嗎？竟然知道得這麼清楚。」

「我當然知道。這一帶已經無人不曉了。因為對方可是個大美人呢。」阿常的聲音充滿憎恨。之前每次末造裝蒜，她也就信了，但這次她有很強烈的直覺，就像親眼目睹他的惡行一般，所以怎樣也無法相信末造此時的說詞。

末造極力思索，她們是怎麼遇上的？是否交談了？但想到這時候如果追根究柢地詢問反而不利，所以他刻意不追問。「妳說她是大美人？那樣稱得上大美人嗎？她的五官明明就很扁平啊。」

阿常沉默不語。不過，丈夫對那可恨的女人說了這幾句挑剔的話，倒是讓她激動的情緒緩和了幾分。

這天晚上，經過此番激動的爭吵後，夫婦倆言歸於好。但阿常心中仍留有傷痛，就像扎了根刺沒拔除一般。

拾伍

末造家的氣氛越來越沉重、陰鬱。阿常常望著天空發愣，有時什麼事也不做。這種時候，她既不照顧孩子，也不做事，孩子要是開口說想要什麼，她馬上會狠狠訓一頓。罵完後才猛然驚覺不對，不是向孩子道歉，就是獨自啜泣。女侍問她要煮什麼菜，她也不回答，要不就是說：「由妳決定吧。」末造的孩子在學校裡，都被人喊作「放高利貸的孩子」，飽受朋友排斥，但由於末造愛乾淨，都會要求妻子照顧好孩子，所以他們原本看起來都乾乾淨淨。現在他們卻滿頭髒屑，還會穿著有破洞的衣服在路上玩。女侍嘴巴上抱怨說：「夫人這個樣子，真是傷腦筋。」自己卻也像匹打混的懶馬，工作丟著不做，任憑櫥櫃裡的菜肴發酸，蔬菜變成了菜乾。

向來希望家裡大小事都井井有條的末造，目睹如此散漫的情形，感到痛苦不堪。但他明白造成這一切的原因，知道是自己不對，所以也沒辦法抱怨。而且末造平時就算是抱怨，也都像是在開玩笑般，語氣輕鬆。讓對方自己反省是他的拿手把戲，現在看來，他那談笑似的態度反而惹得妻子不悅。

末造默默觀察妻子，從中發現一件意外的事。那就是阿常奇怪的行徑，當丈夫在家時特別嚴重，一旦丈夫外出，她反而像突然清醒過來似的，會開始工作。當末造聽孩子和女侍描述，得知這樣的關聯時，起初很驚訝，但他試著以聰慧的腦袋多方思考。這是因為她對我做的事很不滿，所以一看到我便發病。我想替妻子想辦法，不讓她覺得丈夫態度冷淡、刻意疏遠她，但我在家時，她反而不高興，這樣就像刻意讓她服藥，卻反而害她加重病情似的，根本就白忙一場。於是末造心想，接下來我要試著反其道而行。

末造開始比平時更加早出晚歸，結果卻非常糟糕。他提早出門時，妻子一開始只是覺得驚訝，默默望著他。而當他晚歸時，妻子卻不是採取一開始那種生悶氣的消極手段，而是像再也無法忍氣吞聲，完全突破忍耐極限似的，朝他逼問道：「你剛才人在哪裡？」然後放聲號啕。當末造下次想提早出門時，妻子便逼問他：「你現在要去哪裡？」想硬把他留在家中。如果告訴她要去哪裡，她便說末造說謊。如果不予理會，強行出門，她便說，我有件事一定要向你問清楚，一下子就好，你先別走。不是揪住末造的衣服不肯放，就是擋在門口，也不怕女侍看見，一心只想阻止他出門。儘管很不是滋味，但末造還是談笑以對，以心平氣和的方式處理，但有時還是免不了讓女侍撞見他甩開緊抓不放的妻子，害妻子跌倒在地的難堪場面。這種時候，末造都會安分地留在家中，而當他問妻子：「好吧，妳有什麼事，說來聽吧。」妻子卻說：「你到底打算拿我怎麼辦？」或是「再這樣下去，我以後到底會怎樣？」提出的盡是非一朝一夕就能解決的難題。簡而言之，末造為了治好妻子的心病所嘗試的早出晚歸療法，完全沒能奏效。

末造又想，自己在家時，妻子總會心情不好。而要是不待在家裡，妻子又會強行要他留下。照這樣來看，妻子是要求他留在家中，好讓自己心情變差。對此，他想起一件事。當初大學還在和泉橋的時候，他曾貸款給一位姓豬飼的學生。此人不修邊幅，總是光腳穿著木屐，走路時左肩比右肩高出約兩、三寸。那傢伙老是欠錢不還，也不改立收據，還避不見面，但某天在青石橫町的轉角處不期而遇。末造問：「你要去哪？」他回答一句：「我要到柔術老師家。關於那件事，我近日就會處理。」說完便擦肩而過。末造假裝就這樣往前走去，其實是悄悄折返，站在轉角處觀察。豬飼走進伊予紋[73]。末造確認完畢，先到廣小路辦事，過了一會兒，他也走進伊予紋。豬飼大吃一驚，但他仗著天生的豪氣，叫來兩名藝妓，硬拉著末造進熱鬧狂歡的酒席裡，對他勸酒道：「今天別說那些不識趣的話，乾一杯吧。」當時末造第一次在包廂裡見到藝妓，當中有位個性豪邁的女人，名叫阿旬。她喝得醉醺醺，坐在豬飼面前，可能是有什麼事惹她不高興，她開始訓起話來。當時末造默默聆聽她說的話，至今仍無法忘懷。「豬飼先生，你雖然看起來一臉凶樣，但其實很窩囊。我要勸你一句，我們女人啊，如果不是遇上會打我們的男人，是不會愛上的。這點你要牢記在心。」不只限於藝妓，也許所有女人皆是如此。最近阿常老將我留在身邊，板起臉孔來反抗我，看起來像是想要我對她做些什麼。看來是想挨揍。沒錯，她想挨揍。一定是這樣沒錯。阿常這臭婆娘，之前我都沒讓她吃像樣的東西，還讓她做牛做馬，所以她變得跟野獸沒什麼兩樣，沒半點女人味。打從搬到這裡之後，我安排女侍服侍她，讓人叫她夫人，過起像樣的生活，她才開始比較像一般的女人。然後就像阿旬說的，開始想挨揍了。

那我自己又是怎麼樣？在有錢之前，別人怎麼說我，我都不在乎。連對那些乳臭未乾的小子也都鞠躬哈腰，叫他們老爺。不管是受人踐踏還是挨踢，只要不吃虧就好，一路這樣走了過來。每天不管去哪兒，在任何人面前，我都是卑躬屈節。就我和世人周旋的經驗來看，向來都對身分高的人低聲下氣的傢伙，對身分低的人總是很嚴苛，而且愛欺負弱小。喝酒後還會打女人和小孩。對我來說，任何人都沒有身分高低之分。只要是能讓我賺錢的人，我就鞠躬哈腰。如果不是這

73 伊予紋：位於青石橫町的料理店。

種對象，管他是誰，全都一樣。我一概不會搭理，隨他們去。也不會白費力氣，動手打人。如果要這樣白費力氣，那我可得計算一下利息。即使是妻子，我也是這麼對待。

阿常這臭婆娘，想要我揍她。雖然對她很過意不去，不過我實在做不來。要像榨柚子的苦汁一樣，對債務人榨油，這我辦得到。但要我揍人，我實在沒辦法。末造如此暗忖。

拾陸

無緣坡上行人熙來攘往。大學課程在九月展開，所以之前各自回歸故鄉的學生，全都回到了本鄉這一帶的租屋處。

儘管早晚天氣轉涼，但白天依舊炎熱。阿玉家剛搬來時換上的青簾，之所以還沒來得及褪色，是因為扶手窗的竹格子門內側從上到下全都擋得沒半點縫隙。百無聊賴的阿玉坐在窗內，有幾把上頭繪有曉齋[74]和是真[75]圖畫的圓扇，插在圓扇座架上，她倚向圓扇座架下方的柱子旁，心不在焉地望著大路。三點過後，學生三五成群路過。每次隔壁裁縫師傅家的女孩都會像麻雀般發出喧鬧聲。受她們聲

74 曉齋：河鍋曉齋（一八三一—一八八九），幕末、明治初期的浮世繪師。

75 是真：柴田是真（一八〇七—一八九一），幕末、明治初期的日本畫家、漆藝家。

音的影響，阿玉也不自覺地注意起路過的是怎樣的人。

當時的學生，有七、八成都是屬於壯漢型，而少數屬於紳士型的，都是畢業在即的人。那些膚色白淨、五官鮮明的男人，往往都是個性輕浮，一副無所不知的模樣，不好親近。而不屬於這類型的人，或許真的很有學問，看在女性眼中卻顯得很粗魯，不受歡迎。儘管如此，阿玉每天還是會不經意地望向行經窗外的學生。某天，她感覺似乎有某個東西在她心頭萌芽，為之一驚。這想像的凝塊，在她的意識底下孕育成形，突然蹦躍而出，令她感到驚訝莫名。

阿玉原本只想著要讓父親幸福，除此之外沒有任何目的，所以才會說服個性古板的父親，讓她當人家的小老婆。她視此為一種墮落，因而從這種利他的行為中尋求一股心安。然而，當得知自己所仰賴的老爺竟然是個放高利貸的人時，她一時太過震驚，竟不知如何自處。她無法獨自排遣心中的鬱悶，因而想向父親吐露心事，一起分擔痛苦。她原本是做此打算，但當她造訪住在池之端的父親，目睹他平靜的生活後，實在不忍心在老人的酒杯裡倒入毒液。她拿定主意，就算再悲苦，也要將這樣的想法深埋心中。而就在她拿定主意的同時，過去只會倚賴他人生活的阿玉，第一次感受到獨立的心境。

從這時候起，阿玉開始暗中觀察自己的言行，就算末造前來，她也不會像以前一樣，毫無芥蒂地真情相待，而是很刻意的接待。這時彷彿有另一顆真心，離開她的身軀，站在一邊旁觀。這顆真心不但嘲笑末造，也嘲笑受末造為所欲為的自己。當阿玉第一次發現這點時，她感到毛骨悚然。但隨著時間流逝，她已逐漸習慣，覺得自己的內心也必須這樣才行。

從那之後，阿玉對待末造越來越好，但內心與末造越來越疏遠。而且覺得受末造關照一點都不值得感謝，末造為她做的一切都不需要感恩，對於這樣的想法，她完全不會心生歉疚。同時，雖然她沒受過什麼教養，也沒任何才藝，但她卻對自己歸末造所有感到可惜。最後，她望著大路上來來往往的學生，開始幻想著當中會不會有位可靠的男人挺身救她脫離這樣的處境。而當她意識到自己沉浸於這樣的幻想中時，便驀然一驚。

*

這時與阿玉有點頭之交的，正是岡田。就阿玉來說，岡田也只是行經窗外的學生罷了。但阿玉發現他雖是位帥氣的紅臉美少年，卻沒有裝模作樣的自戀態度，開始覺得他是位好相處的人。自此之後，她每日望著窗外，總會期待岡田路過。

儘管還不知道對方名字，也不知道他家住何方，但由於常碰面，阿玉不知不覺間對他產生一股親近感。雖然是她自己主動朝對方一展笑顏，但那是內心鬆懈，自我約束麻痺的短暫瞬間發生的事，個性溫順的阿玉，並非是清楚意識到自己愛上對方，才刻意這麼做。

岡田第一次向她摘帽致意時，阿玉內心雀躍不已，感覺自己都臉紅了。女人的直覺很敏銳，阿玉心裡明白，岡田摘帽的行為是臨時起意，不是刻意這麼做。隔著窗戶的格子，展開這場不明確的無言互動，多了這項新的改變，令她喜不自勝，並一再地在想像中描繪岡田當時的模樣。

＊

小老婆待在老爺家中時，也和世人一樣受到保護，但身為小老婆，也有不為人知的苦楚。某天，阿玉家中來了一個將印半纏反過來穿的男子，年約三十左右，說自己是下總人，打算回故鄉去，但腳受傷無法行走，可否幫他個忙。阿玉包了十錢銀幣的紙包，叫阿梅拿出去給他，對方打開紙包看了一眼，嘴角輕揚說道：「十錢是嗎？應該是搞錯了吧，再去問一下。」便把紙包扔了出去。

阿梅羞紅了臉，撿起紙包走進屋內，男子這時毫不顧忌地跟著登堂入室，逕自坐向阿玉放有木炭的箱型火盆對面。男子說了許多事，全都無條理可循。他一再說自己在坐牢時如何如何，一會兒顯得趾高氣揚，一會兒又說起喪氣話。他濃濃的酒味，聞了令人作嘔。

阿玉害怕得想哭，但她強忍了下來，當著對方的面取出兩張外形像紙牌的藍色五十錢鈔票，以紙包好，不發一語地交到男子手中。男子毫不掩飾地露出滿意之色說道：「雖是五十錢鈔票，但有兩張也就夠了。小姐，妳很上道，日後一定會出人頭地。」隨時踩著虛浮的步伐離去。

由於發生過這種事，令阿玉倍感不安，就此學會「敦親睦鄰」，每當她做了特別的菜，就會派阿梅拿去送給家住右邊的獨居裁縫師傅。

裁縫師傅名叫阿貞，雖已年過四十，看起來依舊年輕，是位皮膚白皙的女人。聽說她三十歲以前都在前田家[76]內院工作，雖然嫁過人，但丈夫很早就過世。她措辭文雅，寫得一手御家流[77]的書法字。阿玉說她想習字，阿貞便借她字帖。

某天早上，阿貞從後門走來，謝謝阿玉前一天送的東西。兩人站著小聊了一會兒，這時阿貞說道：「妳和岡田先生走得很近呢。」

阿玉還不知道岡田的姓氏，「裁縫師傅說的就是那名學生」、「她會這麼問，表示岡田先前向我致意時，被她看見了」、「在這種情況下，就算再怎麼排斥，也得裝出一副早就知道的模樣才行……」諸多念頭像閃電般從她心頭掠過。她馬上迅速回了一聲：「是啊。」速度之快，令阿貞都來不及看出她的遲疑。

「他是個很不錯的人，而且品行端正。」阿貞說。

「您可真清楚。」阿玉大膽的應道。

「上條太太說，雖然有很多學生向她租屋，但都沒人像岡田先生這麼好。」

說完後，阿貞就此離去。

阿玉感覺就像自己受到誇獎似的，還不斷在口中誦念著：「上條、岡田。」

76 前田家：此指江戶時期擁有最大領地的加賀藩的前田利家一族。

77 御家流：指尊圓流的書法，為江戶時代公文書採用的書法體。

拾柒

末造來找阿玉的次數，並未隨時間流逝而減少，甚至不減反增。除了像之前一樣在固定時間前來之外，還會不定時造訪。這是因為妻子阿常整天嘮嘮叨叨緊纏著他，老嚷著：「你得做些什麼、你得做些什麼。」他才會逃出家門，跑到無緣坡來。在這種時候，末造向來都是對妻子說：「妳什麼也不用做，只要和以前一樣就行了。」這時妻子就會回他說：「你非得做些什麼才行。」還提到她無法回老家去、放不下孩子、自己已上了年紀，說了一大串改變目前生活狀況所會面臨的阻礙。儘管如此，末造還是反覆地叫她什麼也不用說，就算什麼都不做也沒關係。而阿常聽著聽著便逐漸發起火來，末造完全拿她沒轍，所以才衝出家門。對凡事都講道理、總是以數理的想法來思考的末造來說，阿常說的話實在是不可理喻。感覺就像在一處三邊被牆壁擋住、只有一邊開放的空間裡，看到有人站在門口前露出痛苦的模樣，嚷著：「你哪兒都不能去。」這時候也只能對這種人說：「門不是敞開著嗎，妳為什麼不轉頭看看呢？」阿常現在的日子過得比以前輕鬆許多，根本沒受到什麼限制、壓迫，或是干涉，肯定是因為多了無緣坡這件事的關係。但我並不像世上一般男人那樣，因此而對妻子冷淡，或是態度嚴苛。反倒還比過去更加關心她，對她更為包容。那扇門依舊敞開著，不是嗎？

當然了，末造的這種想法攙雜著自私。就物質層面來說，即便他對妻子做的事和以前並無不同，對妻子的說話用語和態度也一如既往，但現在有了阿玉，要感覺和以前完全一樣，根本就是緣木求魚。就阿常來說，阿玉的存在就如同眼中釘，末造根本沒有想拔除她好讓阿常安心的想法。話說回來，正因為阿常不是個凡事都會採取邏輯思考的女人，所以她沒清楚意識到這點，末造說的那扇門依舊緊閉著。阿常可以窺見現在的安心和未來希望的那扇門，已籠罩著沉重的暗影。

某天末造和她大吵一架，奪門而出。時間應該是上午十點多。他原本想直接前往無緣坡，但不巧女侍剛好帶著他的小兒子到七軒町的馬路去，所以他刻意走向切通的方向，也沒確切的目的地，就這樣步履急促地從天神町走向五軒町，口中不時咕噥著「媽的」、「可惡」這類難聽的字眼。當他來到昌平橋時，迎面走來一名藝妓，感覺和阿玉有幾分神似。於是當對方從身旁走過時，他特地仔細看了一眼，結果發現對方臉上滿是雀斑。他心想，還是我的阿玉比較漂亮，同時有種滿足和愉悅湧上心頭，就在橋上駐足片刻，目送藝妓離去的背影。她可能是去買東西吧，滿臉雀斑的藝妓隱遁在講武所的小巷內。

末造信步朝柳原走去，行經當時還很稀罕、值得一看的眼鏡橋邊。河岸的柳樹下有名男子撐著大傘，讓一名十二、三歲的女孩跳活惚舞[78]。一如平時，周遭聚集許多人圍觀。正當末造駐足觀舞時，一名身穿印半纏的男子差點撞向他，末造及時躲開來。眼尖的末造回頭望了對方一眼，男子與他眼神交會後，馬上轉身離去。「搞什麼，這麼不長眼」，末造嘀咕了幾句，從衣袖裡抽手往懷裡探找。當然了，他什麼也沒掉。這名扒手確實很不長眼，末造這天才和妻子吵架，神經緊繃，連對平時不在意的事也會特別小心，敏銳的感官變得更加鋒利。甚至早在扒手產生行竊的念頭之前，末造就已感覺到了。像這種時候，向來都以自制力自豪的末造，也不免略顯鬆散。不過大部分人都感覺不出。如果有敏感的人仔細觀察末造的話，應該會發現他變得比平常還要多話。同時也會看出，在他愛照顧人、總是對人說好話的言談舉止間，帶有一絲略顯慌亂的不自然之處。

他覺得自己走出家門後已過了很長的時間，便順著河岸折返，順手取出懷表。現在才十一點，離家至今還不到三十分鐘。

末造再度漫無目標地從淡路町走向神保町，彷彿有什麼急事待辦的模樣。當時在今川小路前方有一家掛著「茶泡飯」招牌的店家。只要花二十錢就有一頓飯可吃，還有醬菜和熱茶款待。末造知道這家店，打算來這裡吃午飯，但現在時間尚早。他路過那裡，右轉來到俎橋前的寬廣市街。這處市街不像現在這樣，一路接往駿河臺底下。它的構造幾乎和袋町相同，在轉進末造來的方位處便到了盡

---

78 活惚舞：一種配合俗謠、俗曲跳舞的滑稽舞蹈。

頭，接下來是醫學院的學生取名為「闌尾」的狹窄小巷，行經一處在柱子上寫有山岡鐵舟書法字的神社前。也和袋町一樣，學生們將俎橋前的廣大市街比喻成盲腸。

末造走過俎橋。右側有家鳥店，傳來各種鳥兒熱鬧的叫聲。末造站在至今仍在的那家店門前，望著高高吊掛在屋簷下鸚鵡和鸚哥的鳥籠，以及底下整排白鴿和朝鮮鴿的鳥籠，接著目光移往店內層層堆疊的小鳥籠。不論是鳴叫，還是在籠裡飛跳，都屬牠們的聲音最高亢也最活潑，而當中明顯鳥籠數目最多、叫聲也最熱鬧的，就屬黃澄澄的外國種金絲雀了。不過進一步細看後，還是以低調顏色彩繪、嬌小身軀的紅雀較吸引末造的目光。末造突然覺得，要是買下紅雀讓阿玉飼養，一定很合適。於是他向那名不是很積極做生意的老先生詢問價格，買下一對紅雀。付帳時，老先生問他要怎麼帶走。末造問，不是裝在籠子裡出售嗎，老先生回答不是。於是末造又加買了鳥籠，好將紅雀裝進籠內。老先生皺巴巴的手，粗魯地伸進那關了好幾隻鳥的籠子，抓住當中的兩隻，移往空鳥籠。末造問他是否看得出這是一公一母，老先生懶得搭理似的應了聲「是」。

末造拎著紅雀的籠子，往俎橋的方向折返。他的步伐放慢許多，並不時抬起鳥籠，觀看裡頭的鳥兒。原本吵架離家的心情就像拭除般，已消失無蹤，平時潛藏在這個男人體內的溫柔之心，此刻浮出了表面。籠裡的鳥兒可能是對籠子的搖晃感到害怕，雙腳緊緊抓住棲木，縮著身子一動也不動。每次末造窺望牠們，就很想早點趕往無緣坡的住家，將鳥籠掛向窗戶。

行經今川小路時，末造順道繞往茶泡飯店吃午餐。他將紅雀的鳥籠擱在女侍送來的漆黑餐座前，望著那可愛的小鳥，心中想念著可愛的阿玉，頓時連那稱不上豐盛佳肴的茶泡飯，吃起來也格外可口。

拾捌

末造買來送阿玉的紅雀，沒想到成了阿玉與岡田交談的媒介。

由於談到這件事，我想起那一年的氣候。當時我已故的父親在位於北千住的家中後院種秋草[79]，我在星期六從上條返回父親的住處，他說二百十日[80]就快到了，所以買來許多矮竹，然後將黃花龍芽草和澤蘭一根根豎起，和矮竹綁在一塊。然而，二百十日平安無事的過去。他又說二百二十日也會有危險，但這天同樣平安度過。不過從那時候開始，每天都顯得風雲詭譎，一副風雨欲來之勢。而且不時像重返夏天般，無比悶熱。眼看東南風有轉強的趨勢，卻又突然停歇。父親也說，這二百十日最後變成「風險分攤」了。

我在某個星期天傍晚從北千住返回上條。工讀生全都出外去了，租屋處冷冷清清。我回到自己房內，發了一會兒呆，這時，本以為沒人在的隔壁房間突然傳出劃火柴的聲響。我正感到寂寞，所以直接出聲叫喚。

「岡田，你在嗎？」

「嗯。」他應了一聲，也不知道算不算回答。我和岡田熟識，彼此已用不著客套，但此時他的回答異於平時。

我心想，自己此刻心中茫然不知如何自處，岡田似乎也和我一樣。他該不會也在想事情吧？我如此暗忖，突然很想看看他現在是什麼神情，於是又朝他叫喚：「喂，可以去打擾你嗎？」

「求之不得。其實我打從剛才回來後，就一直在發呆，正好你也回到隔壁，發出不少聲響，我正想起身點燈呢。」這次聲音聽起來清楚多了。

---

79 秋草：秋天開花的花草總稱。

80 二百十日：從立春起算的第兩百一十天。大約是九月一日左右。據說這天常有颱風，或是會刮強風。

我來到走廊，打開岡田房間的紙門。岡田正好打開面向鐵門的窗戶，手肘撐在書桌，望向幽暗的窗外。那是縱向釘上一根根鐵棍的窗戶，外頭有兩、三棵種在牆邊斜道上的小柏樹，布滿了灰塵。

岡田轉頭望向我說道：「今天又是莫名的悶熱。我房裡有兩、三隻蚊子，吵得受不了。」

我盤腿坐向岡田的書桌旁。「就是說啊。我老爸稱這是二百十日的風險分攤。」

「嗯，二百十日的風險分攤是吧，有意思。或許真是如此哦。我看天色時晴時陰，也不知道該不該出門，結果就這樣躺了整個上午，都在看向你借來的《金瓶梅》。之後腦袋昏昏沉沉，於是我吃完午飯後便出門溜達，就這樣遇上一件奇妙的事。」岡田沒看我，始終都望著窗外說道。

「怎樣的事？」

「我解決了一條蛇。」岡田轉頭望向我。
「不是英雄救美嗎？」
「不，我是英雄救鳥。不過和美人也有關係就是了。」
「有意思，說來聽聽吧。」

拾玖

岡田娓娓道出原委。

下午時分，浮雲飛得又快又急，狂風一道又一道猛烈吹來，捲起市街的塵埃後，又突然平靜無風，看了半天中國小說而感到頭疼的岡田，漫無目標地走出上條家，依照慣例轉向無緣坡的方向。一路上腦袋昏昏沉沉。雖然中國小說也全都是這樣，不過《金瓶梅》裡頭平鋪直敘的描寫足足有一、二十頁之多，彷彿約定好似的，寫的淨是些荒唐事。

「因為看了那樣的書，想必我當時走在路上，一定是一臉呆樣。」岡田說。

走了一會兒，右側變成岩崎宅邸的石牆，正當路面微微呈下坡時，他發現左側擠滿了人。那正是他平日路過時，會刻意多看一眼的人家前方，不過岡田在陳述時，對此事隱而不表。聚集的全是女人，約有十人之多，當中泰半都是少女，像鳥囀般嘰嘰喳喳地講個不停。岡田不知道發生了什麼事，也沒空湧現想一探究竟的好奇心，他走在道路正中央的雙腳，就只是朝那個方向移了兩、三步。

女人的目光都集中在同一個東西上，所以岡田順著眾人的視線，發現了引發這場風波的源頭，是吊在那戶人家格子窗上的一只鳥籠。也難怪她們會如此喧鬧，連岡田看到籠中的情況後，都大吃一驚。鳥兒不斷振翅鳴叫，在狹小的籠內四處亂飛。岡田心想，是什麼東西令鳥兒這般不安呢？仔細一看，原來有一條大日本錦蛇探頭進籠中。牠的頭像木楔般，塞進籠子的細竹間，看起來籠子並未破損。是蛇撐開了和牠身體一樣大的開口，將頭伸進裡面。岡田想看個仔細，又往前走了兩、三步。他就站在那群一字排開的少女背後。少女們就像說好似的，將岡田視為救星，紛紛讓開一條路來，讓岡田走向前。岡田這時又發現一件事。籠裡的鳥並非只有一隻。除了振翅四處逃竄的鳥兒外，蛇的嘴裡還叼著一隻同樣羽毛的鳥。明明只有單邊翅膀被蛇咬在嘴裡，但可能是因為過度恐懼，那隻鳥似乎已經斷氣，另一邊的翅膀無力垂落，全身像海綿般鬆軟。

這時，一名年紀稍長、像是屋主的女人，神色慌張且略顯顧忌地問岡田能否幫忙處理那條蛇。「到隔壁學裁縫的人雖然來了不少，但眼前這不是女人家有辦法處理的事。」女子補上這一句。當中一名少女也說：「這位小姐聽到鳥兒叫個不停，打開紙門看到那條蛇時，發出一聲尖叫，所以我們全都擱下裁縫的工作，跑出來看，但真的是無計可施。恰巧師傅不在，但就算她在，也是上了年紀的人，一樣沒用處。」裁縫師傅星期天沒休息，而是休一六[81]，所以今天弟子全都來了。

談及這件事情時，岡田說：「女屋主是個大美人呢。」不過他沒提自己之前就與她有過數面之緣，每次路過她家還會和她打招呼。

岡田沒回答，而是先走到籠子底下，觀察那條蛇的情況。籠子靠近隔壁裁縫師傅家的方向，吊在窗戶上，這條蛇從兩戶人家中間順著屋簷底下爬行，頭伸進籠內。蛇的身體就像一條懸掛的繩子般，整個橫越屋簷的桁架，尾巴仍藏在角落的柱子前方，是條大蛇。想必牠原本棲息在草木蓊鬱的加賀宅邸內某處，最近感受到氣壓變化才出來遊蕩，途中發現這籠中鳥。岡田一時間也不知該如何處理才好，難怪這群女人會束手無策。

「有沒有刀子之類的東西？」岡田問。女屋主向當中一名少女吩咐道：「妳去把廚房的切魚刀拿來。」少女看來是女侍，穿著和隔壁學裁縫的少女們一樣的麻質浴衣，外頭纏著中國縐綢的紫色束衣帶。少女可能是心想，用切魚刀來殺蛇不好吧？便向主人露出抗議的眼神。「沒關係的，妳用的刀，我會再買新的給妳。」屋主說。少女似乎也同意這麼做，於是跑進屋內取來切魚刀。

岡田就像等得不耐煩似的，接過那把刀，脫下木屐，單腳跨向扶手窗。體操是他的拿手絕活，他的左手握住屋簷的桁架。岡田知道這把刀雖新，卻不太鋒利，所以他並未預期一刀就能斬斷蛇。他先用刀將蛇的身體抵向桁架，然後刀子前後來回刷了兩、三下。劃破蛇鱗時，傳來打破玻璃般的手感。被叼住的那隻

81　此指每月日期的個位數是一或六的日子，也就是每月一日、六日、十六日、二十一日和二十六日。

鳥，頭部已經遭蛇吞進嘴裡，但蛇的身體受了重傷，像波浪般上下起伏，既不想吐出獵物，也不想從籠中抽出頭來。岡田沒鬆手，刀子再度前後刷了五、六下，蛇才終於像俎上肉般，被不太鋒利的刀子切成兩半。蛇的下半身不斷抖動，率先掉落在種有山麥冬的導雨溝上。接著牠的上半身從窗戶上框脫落，維持頭部插在籠內的姿勢，懸掛在半空。叼著半隻鳥而鼓起的頭部，卡在像張弓一樣彎曲卻沒斷折的鳥籠竹枝上，並未往外脫落，所以上半身的重量加諸在鳥籠上，使得籠子傾斜四十五度。說來也真不可思議，另一隻倖存的鳥兒就像有耗不完的體力般，再度於籠內振翅亂飛。

岡田鬆開緊握桁架的手，一躍而下。之前所有人皆屏息凝視，但有兩、三個人看到這裡，便已嚇得躲進裁縫師傅家中。

「得拿下鳥籠，取出蛇頭才行。」岡田如此說道，望向女屋主。但蛇的上半身仍垂在半空，切口不斷有黑血滴落在窗板上，所以女屋主和女侍都提不起勇氣到屋內解開懸吊的麻繩。

這時，有個和現場氣氛很不搭調的聲音說道：「我幫妳們取下籠子吧。」眾人將目光移向聲音的方向，發話者是酒店裡的年輕學徒。岡田收拾蛇的這段時間，沒人在這冷清的星期天午後行經無緣坡，就只有這名學徒獨自路過，手裡拎著用繩子綁住的酒壺和帳本，站在一旁觀看殺蛇的場景。由於蛇的下半身掉落在山麥冬上方，學徒馬上將酒壺和帳本拋在一旁，撿起石頭砸向蛇的傷口，蛇還沒死透的下半身，每砸一次就展開強烈的扭動。

「這樣的話，那就麻煩你了，不好意思。」女屋主請託道。年紀小的女傭帶著學徒從格子門走進屋內。不久，學徒出現在窗邊，爬上擺有萬年青花盆的窗板上，極力踮起腳尖，將吊著鳥籠的麻繩從釘子上解開。女侍不敢伸手接住，只得勞煩學徒直接拿著籠子走下窗板，來到門口。

學徒態度高傲地向跟在他身後的女侍提出忠告：「籠子我來拿吧，妳得把血擦乾淨才行，因為它會滴在榻榻米上。」

「的確，快點把血擦掉吧。」女屋主吩咐道。女侍又走進格子門內。

岡田朝學徒拿出的鳥籠窺望。裡頭有一隻鳥停在棲木上，全身簌簌發抖。蛇叼住的另一隻鳥，身體有一半陷入蛇口。那條蛇雖然身體被切成兩截，但直到臨死之前，仍想將鳥兒吞進肚裡。

學徒望著岡田說：「我們把蛇取下吧。」

「嗯，是該取下，不過，如果沒把蛇頭拉到籠子中央取下，原本沒斷的竹枝會就此折斷。」岡田笑著說道。

學徒順利地拔出蛇頭，並用指尖抓住鳥的尾巴往外拉，最後說道：「真是死也不肯放呢。」原本還留在這裡的裁縫師弟子們可能是覺得已無熱鬧好看，便一起走進隔壁人家的格子門內。

「那我也差不多該告辭了。」岡田環視四周地說道。

女屋主像是在思索什麼，想得出神，一聽聞此言，立刻望向岡田。她似乎想說些什麼，躊躇了一會兒，接著目光轉向一旁。同一時間，女子發現岡田手上沾了血漬。「哎呀，你的手髒了。」她喚來女侍，吩咐她拿臉盆到門口臺階處。岡田在描述這件事情時，並未仔細說明女子當時的態度，不過他補了一句：「我當時心想，我的小指只沾了一點血漬，她竟然也看得出來。」

就在岡田洗手時，正打算從蛇嘴中拉出鳥兒屍體的學徒突然大叫：「糟了！」

女屋主拿來一條摺好的新手巾，站在岡田身旁，她一隻手搭在敞開的格子門上往外窺望，開口問道：「怎麼了嗎？」

學徒張開手掌，緊按著鳥籠說道：「另一隻活著的鳥兒，差點就從蛇頭鑽進來的洞口飛走了。」

岡田洗好手，一面以女子給他的手巾擦乾，一面對學徒道：「你可別鬆手哦。」接著告訴女子，希望能拿繩子之類的牢靠之物來，以防鳥兒從籠子的洞口飛出。

女子思索了一會兒後問道：「用髮帶可以嗎？」

「可以。」岡田應道。

女屋主吩咐女侍去梳妝臺抽屜拿髮帶來。岡田接過後，朝鳥籠竹枝彎折處綁了個十字結。

「應該已經沒有我能做的事了吧。」岡田如此說完便走出門口。

女屋主也詞窮似的說了一句：「真的很謝謝您。」跟著他走出屋外。

岡田向那名學徒喚道：「小哥，辛苦你了，可以請你順手扔了那條蛇嗎？」

「好的。我就拿到坡道下的水溝深處扔了吧。有沒有繩子？」學徒如此說道，環視四周。

「繩子我有，這就拿給您。請等一下。」女屋主向女侍吩咐了幾句。

岡田趁這個機會說了聲「再見」，頭也不回地走下坡道。

*

岡田說到這裡，望了我一眼，說道：「喂，雖說是為了美人才這麼做，不過我也是流血流汗呢。」

「嗯，為了女人而殺蛇，頗具神話色彩，有意思，不過感覺故事不會就這樣結束呢。」我坦白說出心中的想法。

「說什麼傻話，若是還沒結束，我就不會說出來了。」岡田這番話，不像是違心之言。但如果故事真的就此結束，未免有點可惜。

聽完岡田的故事後，雖然我只說這很像神話，但其實有件事馬上浮現心頭，只是沒說出口。我覺得，《金瓶梅》讀到一半出門的岡田，該不會是遇上潘金蓮了吧？

原本是大學工友出身、現在專做高利貸生意的末造，這名字在學生當中無人不曉，就連沒向他借錢的人也知道他的名字。不過，住在無緣坡的女人是末造的小妾這件事，也有人不知道，岡田就是其中之一。當時我也不太清楚她的來歷，然而我知道是末造將她包養在那位裁縫師傅家隔壁。我的見識終究還是比岡田來得多。

貳拾

這是她拜託岡田殺蛇那天的事。阿玉原本和岡田只會用眼神致意，現在他們親暱地交談過了，她感覺到自己的心境急遽轉變。有些東西，就算女人想要，卻不會想買。像那些在玻璃窗內擺設了鐘表、戒指的店面，女人每次經過時都會多看幾眼，但不會刻意走到店門前。如果是因為有其他事要辦而路過店門，就一定會順便看上幾眼。想得到的願望和明白自己不可能買的死心斷念合而為一，會產生一種算不上深切，卻是微帶甘甜的哀傷情緒。女人會以感受這種情緒為樂。另外，女人想買的東西，會讓女人感受到強烈的痛苦。女人會因為這種東西而苦惱，無法保持平靜。就算知道自己只要再等幾天就可輕鬆獲得，還是一樣迫不及待。有時女人會不分寒暑、不畏黑夜、不怕雨雪，只要一有衝動的念頭，便會前去買下。而下手行竊的女人，也並非構造異於常人，她們只是想要和想買的分界一時模糊，沒分清楚罷了。岡田對阿玉來說，原本只是她過去想要的東西，但現在馬上變成她想買的東西。

在解救小鳥的機緣下，阿玉想方設法地靠近岡田。她最先想到的方法，就是叫阿梅帶東西去送給他當作謝禮。那麼，該選什麼禮物好呢？藤村的鄉下豆沙包嗎？這樣未免也太不智了。這麼做太過普通，任誰都有可能如此作為。倘若是用碎布縫個肘墊送他，對岡田先生來說，就像是個不諳世事的小姑娘在單相思，想必會覺得她很可笑。阿玉想不出什麼好點子。還是在物品上多花點巧思，讓阿梅拿去給他呢？之前在仲町印了名片，不過，如果只是附上名片，又嫌誠意不足。她想再多寫些字。真傷腦筋。說到學校，當初只念完小學，之後也沒空習字，所以無法寫出滿意的書信。當然，只要請隔壁服侍過大名的裁縫師傅幫忙，問題就迎刃而解了。但阿玉不想這麼做。雖然沒打算要在信上寫什麼不可告人之事，但也不想讓人知道自己寫信給岡田先生。到底該如何是好呢？

就像在同一條路上來回踱步般，阿玉對此左思右想，有時忙著化妝或是交代廚房的工作，一時忘了，但一會兒又想起。不久，末造前來，阿玉邊替他斟酒，邊想著這件事，引來末造指責道：「什麼事想得這麼投入？」

「哎呀，我什麼也沒想啊。」阿玉展現出沒特別含義的笑臉，心中卻暗暗一驚。不過最近她累積了不少歷練，就連目光犀利的末造也不是那麼容易就能看穿她隱瞞的事。

末造回去後，阿玉做了個夢，夢中她最後買了一盒糕點禮盒，急忙派阿梅送去給岡田，事後才發現自己既沒附上名片，也沒附上信件，便就此驚醒。

隔天，岡田可能是沒出來散步，或是阿玉自己錯過了，她沒看見那朝思暮想的面容。過了一天後，岡田再度一如平時從窗外走過。他在路過時，朝窗戶望了一眼，但由於屋內昏暗，沒能和阿玉打照面。又過了一天，來到岡田平時會路過的時刻，阿玉手持竹掃把，在沒什麼垃圾的格子門內仔細打掃，除了她自己所穿的雪屐外，還有另一雙木屐，她一會兒放右邊，一會兒放左邊。「哎呀，我來掃吧。」阿梅如此說道，從廚房走出來，阿玉應道：「沒關係，妳去看好燉菜，反正我也閒來無事。」硬將她趕了回去。這時剛好岡田路過，摘帽向她致意。阿玉手持掃帚，羞紅著臉呆立原地，就這樣看著岡田走過，一句話也沒說。阿玉就像拋出燙手的火筷似的，將掃帚棄置一旁，脫下雪屐走進屋內。

阿玉坐向箱型火盆旁，撥動著炭火，在心中暗忖。我多傻啊。原本心裡想，像今天這種涼爽的日子，要是開門看，會顯得很奇怪，所以才假裝打掃，刻意等候他前來，但真的遇上了，又什麼話也說不出口。在丈夫面前，就算氣氛再尷尬，只要我想說，不管什麼都說得出來。為什麼就不能跟岡田先生打聲招呼呢？他幫了我這麼大的忙，我向他道聲謝也是理所當然。今天沒開口，或許就再也沒機會跟他說話了。儘管想派阿梅送禮物去給他，卻始終沒辦法送，而真的見到面了，又說不出話來，真叫人束手無策。我那時候為什麼開不了口呢？對了，當時我確實想開口說話，只是不知道該說什麼好。我無法很親暱地叫一聲：「岡田先生。」也沒辦法當著他的面喊聲：「您好。」現在仔細一想，也難怪當時會那樣慌亂。因為我現在靜下心來慢慢思考，一樣不知道該說什麼才好。哎呀，我會這麼想，足見我是個笨蛋。根本沒必要出聲叫喚，只要馬上衝到外頭就行了。這樣的話，岡田先生一定會停下腳步。只要能讓他停下，我好歹就能說一句：「前些日子因為那件離譜的事，受您關照了。」當阿玉翻動著炭火，暗自思索此事時，鐵壺的壺蓋跳動，她便掀起壺蓋，讓熱氣散出。

接著阿玉針對是要自己開口說，還是派人送禮去，開始擬定兩項作法。不久，傍晚天氣逐漸轉涼，已不方便開窗。至於庭院的打掃，之前都固定早上打掃一次，但自從發生過那件事後，現在阿梅早晚都會打掃，所以她很難插得上手。阿玉刻意晚點出門上澡堂，想在路上遇見岡田，但是到坡道下澡堂的路很短，因而遲遲無法遇上。至於派人送禮的這項作法，日子間隔越久，越難付諸實行。

阿玉想到這些情況，一度想要放棄。從那之後，我一直都沒向岡田先生道謝。明明該道謝不可，卻沒說出口，照這樣來看，我欠岡田先生一份恩情。岡田先生應該知道我欠他恩情，這樣也許反而比隨便送禮還來得好。

但阿玉也因為欠了恩情，而一直想早點接近岡田。可惜始終想不出方法，每天都不為人知地費心苦思。

*

阿玉生性好強，自從讓末造包養後，才短短數日，便體會到周遭人明貶暗羨的小妾生活有多苦。拜此之賜，她也養成了一種憤世嫉俗的個性，不過她本質仍是個好人，還沒接受過社會的磨練，所以才會認為要和住在租屋處的學生岡田接近相當困難。

之後儘管在秋高氣爽的日子打開窗戶，再度與岡田點頭致意，卻也沒因為先前曾親暱地交談，還遞交手巾給岡田，而創造出接近彼此的機會。發生過那件事之後，和什麼都沒發生的時候相比，根本沒任何不同。阿玉為此感到焦急萬分。

就算末造前來，兩人隔著箱型火盆迎面交談，她還是會在心裡想，如果他是岡田先生就好了。起初只要心裡一有這個念頭，她就會責怪自己恬不知恥，但漸漸地，她可以一邊臉不紅氣不喘地想念著岡田，一邊陪末造聊天。然後身子任由末造擺布，自己則是閉上眼想著岡田。她不時會夢見自己和岡田在一起，沒有繁雜的過程，也沒任何安排，就這麼在一起。當她覺得「啊，我好開心」時，對象卻變成了末造，而不是岡田。她就此猛然驚醒，接著因神經太過亢奮而無法入睡，甚至煩躁地哭了。

轉眼已來到十一月。接連都是小陽春的好天氣，就算打開窗也不會顯得突兀，所以阿玉又可以每天看見岡田了。之前連著好幾天皆是陰雨綿綿的日子，有兩、三天都看不到岡田，令阿玉感到心情鬱悶。不過她的個性率直，從來不會惡整阿梅，令阿梅困擾，更不會在末造面前擺臭臉。不過，像這種時候她都是手肘撐向箱型火盆外緣，不發一語，坐著發呆，連阿梅都曾問她：「您是不是哪裡不舒服？」幸而最近接連都能看到岡田，令她難得顯出歡欣雀躍的模樣。某天早上，她以更勝平時的輕鬆心情出門，到位於池之端的父親家。

阿玉決定平均一週去看父親一次，但都不會待超過一個小時以上，因為父親不許她久待。每次前往，父親都很慈祥地招待她。一有好吃的東西，就會拿出來請她吃，還泡茶招呼。但招待完後，就會要她趕快回去。這並非全然是因為老人的急性子，而是他認為，既然女兒有丈夫要侍候，如果擅自將她留在身邊，對她丈夫可就過意不去了。阿玉第二次或第三次到父親住處時，曾跟父親說，老爺上午絕不會來找我，所以我可以待久一點，父親卻不認同。「或許之前真的都不會在這時候來，但難保哪天會突然有事前來。除非是事先告訴過丈夫，向他請了一天假，否則絕不可以像妳這樣，出門採買順便繞過來這裡，一待就那麼久。這樣會引來丈夫懷疑，以為妳跑哪裡鬼混去了。」

阿玉一直很擔心父親要是得知末造的職業後，會不會心情低落，每次前來看他，都會觀察他的神色，不過看來父親完全不知情。這也是理所當然。父親自從搬來池之端後，過沒多久就開始租書來讀，白天總是戴著眼鏡看書，而且只看紀實故事或說書故事這類的「手抄本」。最近他忙著讀《三河後風土記》，父親說它有好幾冊，所以光是看這套書，就可以供他享受好一陣子了。租書店建議父親看「傳奇小說」，但他說那是虛構的故事，不屑一顧。晚上他眼睛疲累，便不再看書，而是到戲場去。如果是在戲場聽人說書，他就不會挑剔故事是真是假，不管是落語[82]還是義太夫，一律照單全收。廣小路的戲場主要都講述戰爭故事，若非愛好此道的人士，不會前去捧場。父親就只有這項娛樂，既不會和人閒聊，也沒朋友，自然沒機會從別人那裡聽聞和末造的身分有關的事。

不過，左鄰右舍間有人會對前來造訪這位老先生的漂亮女子是何身分，多方臆測，最後查出是放高利貸者包養的小妾。如果鄰居間有這種愛嚼舌根的人，不管老先生再怎麼孤僻疏遠，也還是會被迫聽到這些不好的傳聞。慶幸的是，他一邊的鄰居是博物館員工，終日忙著賞玩字帖，練筆習字，另一邊的鄰居則是現在已相當罕見的木刻版畫師，此人只做木刻版畫，對當時流行的篆字印章雕刻一概不碰，所以無須擔心這兩位鄰居會破壞老先生平靜的心靈。而當時在那一整排住家裡頭，開店做生意的就只有蕎麥麵店蓮玉庵、煎餅店，以及位於廣小路街角附近一家名叫十三屋的髮梳店。

老先生還沒聽到那溫柔的叫喚，光憑有人打開格子門走進的氣息，以及輕盈的木屐聲，便知道是阿玉來了，他擱下看到一半的《後風土記》，等候女兒到來。他摘下眼鏡，望見可愛女兒的容顏，這樣的日子對老先生來說，就像慶典節日。只要女兒前來，他一定會摘下眼鏡。雖然戴著眼鏡應該會看得比較清楚，但他就是覺得隔著眼鏡有一種距離感，令人感到不自在。心裡總是囤積了許多話想跟女兒說，偏偏有些部分又會忘了說，直到女兒回去後才想到。但他總不忘問一句：「妳丈夫最近來看妳，心情可好？」以此詢問末造的近況。

阿玉見父親今天心情愉悅，便請他說阿茶局[83]的故事，享用父親說他從廣小路開設的大千住分店買來，足足有一尺見方大的糯米煎餅。而每次父親問她：

82　落語：日本傳統表演藝術，描繪一個漫長和複雜的滑稽故事，並對服飾、音樂等相當講究。與中國的相聲有類似之處，不過演出者通常只有一人。

83　阿茶局（一五五五－一六三七）：德川家康的側室。

「妳不回去行嗎？」她總會笑著說：「沒關係的。」一直待到快中午才回去。阿玉心想，要是像先前一樣，將末造有時會突然來訪的事告訴父親，他一定會更加頻繁催促自己趕緊回去。自己不知不覺間也變得老油條了，已不再擔心末造來的時候會撲了個空。

貳拾壹

天氣逐漸轉寒，阿玉家的流理臺前，就只有木屐踩踏處的木板掩埋在土中，木板上布滿雪白的晨霜。深邃水井中長長的水桶吊繩無比冰冷，阿玉覺得阿梅很可憐，便買了手套給她，但阿梅認為戴了又脫，脫了又戴，根本無法處理廚房的工作，所以將阿玉送她的手套珍藏收妥，一樣素手汲水。由於時常要洗東西、擦地板、燒開水，所以阿梅的手越來越粗糙。阿玉很在意此事，對她說道：「妳手打溼後，就這樣放著不管，對妳不好。只要手一沒碰水，就要馬上擦乾。做完事後，別忘了用肥皂洗手。」甚至還買來肥皂交給阿梅。但阿梅的手還是益加粗糙，阿玉看了於心不忍。阿梅做的那些事，她以前也做過，手卻不會像阿梅那樣，說來也真不可思議。

早上醒來後，原本阿玉也非得起床不可，但最近因為阿梅說：「早上流理臺都結著一層冰，請多睡一會兒吧。」她也就此開始賴床。教育家為了不讓人產生妄想，都會告誡青年，上床後就該馬上入睡，醒來後就該馬上起床。少壯的身軀要是窩在棉被裡取暖，就會像火中綻放出毒草的花朵般，在心中萌生這樣的畫面。阿玉也會在這時候放縱自己的想像，這時她眼中會綻放一種光芒，像喝醉般從眼皮到臉頰一帶布滿紅暈。

前一天晚上萬里無雲，星光熠熠，一早地面布滿寒霜。最近阿玉在被窩裡賴床良久，變得慵懶許多。阿梅一早便打開防雨門，她看見晨光從外頭的窗戶射進屋內後，這才起身，繫上一條細腰帶，披上寬鬆的半纏，來到外廊上刷牙。這時傳來格子門打開的聲響，接著是阿梅溫柔的聲音，「您來啦。」腳步聲便隨即直接走進屋內。

「早，睡懶覺啊。」坐向箱型火盆前的，正是末造。

「哎呀，抱歉。今天這麼早啊？」阿玉急忙取出含在口中的牙刷，將水吐進桶子裡，露出略顯恍惚的笑臉，看在末造眼中，顯得比以前更美。阿玉自從搬來無緣坡後，一天比一天美。起初他是喜歡她那宛如少女般的可愛，最近則是逐漸轉變為迷人的媚態。末造目睹這樣的變化，認為阿玉已逐漸懂得情愛，而這都是他的功勞，對此揚揚得意。但說來可笑，總是能犀利地洞察世事的末造，竟然會錯看自己所愛的女人此時的精神狀態。阿玉原本是以侍奉丈夫作為第一要務的女人，但由於心境起了急遽的變化，在歷經一番苦惱和反省後，她自覺就算老油條一點也無妨，就像世上其他的女人一樣，在體驗過許多男人後，贏得一種冷靜的心境。末造受這種心境翻弄，卻從中感受到一股愉快的刺激。在阿玉變得老油條的同時，她也益發自甘墮落。末造反倒因這種墮落感而激起了情欲，益發為阿玉著迷。末造雖不懂這當中的變化，一股深受吸引的感覺卻由此而生。

阿玉蹲下身，拉來臉盆說道：「您先把臉轉向一邊。」

「為什麼？」末造如此應道，點燃一根金天狗菸。

「因為我得先洗臉。」

「好啊。那妳快洗吧。」

「可是，您看著我，我沒辦法洗。」

「規矩真多。這樣總行了吧。」末造抽著菸，背對著外廊，心想，她可真是天真。

阿玉沒脫衣服，就只是將衣領處鬆開，匆匆洗了把臉。雖然比平時偷懶，但由於她向來不會藉由化妝技巧來掩飾自己的瑕疵，妝扮出人工之美，因此毫無弱點，就算末造看了，也不會令她感到困擾。

末造一開始是背對她，過了一會兒，他轉身面向阿玉。而在洗臉時背對末造的阿玉，一直不知道此事，待她洗好臉，將鏡子拉到面前，鏡子上映照出末造叼著菸的那張臉。

「哎呀，你好壞。」阿玉如此說道，就此朝秀髮摸了一把。她寬鬆的衣領下，從後頸到背部所形成的三角形白皙肌膚，以及因為此時高舉著手，而露出手肘上方兩三寸的圓潤手臂，都令末造百看不厭。

末造這時要是一直都不說話，阿玉或許會急著完成梳妝，所以他刻意悠哉地以緩慢的口吻說道：「不用急。我今天並不是有事才這麼早來這裡。之前妳開口問過，我跟妳說過今晚會來一趟，誰知我臨時有事要去千葉。如果一切談得順利，明天就能返回，但也可能會延到後天。」

正忙著梳頭的阿玉應了聲「哎呀」，轉過身來。她臉上露出不安之色。

「妳要乖乖在家等哦。」末造開玩笑似的說道，隨手收起菸盒，接著突然起身走向門口。

「我還沒泡茶給您喝呢。」阿玉如此說道，將梳子丟進梳子盒內，起身要送末造出門，這時末造已打開格子門。

＊

從廚房端來早餐餐盤的阿梅，擱下餐盤後說了一聲：「對不起。」跪地低著頭。

阿玉坐在箱型火盆旁，以火筷刮除覆蓋在炭火上的灰燼，笑著朝她問道：「咦，妳在道什麼歉啊？」

「因為我太晚送茶過來……」

「哦，原來是這件事啊。那是我說的客套話。老爺並不是不高興才離開的。」阿玉如此說道，拿起筷子。

阿梅望著今天早上主人吃飯的模樣，主人的個性原本就鮮少面露不悅之色，但感覺她今天特別歡喜。剛才主人還笑著說「妳在道什麼歉啊」，打從那時候起，她微微泛紅的臉頰始終掛著笑意。阿梅腦中不禁對此產生疑問，不過這個問題始終都沒深植阿梅腦中。她就只是受到這樣的好心情感染，自己也跟著開心起來。

阿玉靜靜望著阿梅，原本春風滿面的臉，現在更是喜上眉梢。

「我說，妳想回家嗎？」

阿梅大感詫異，雙目圓睜。當時才明治十多年，仍保有江戶時代町家的習慣，就算僕人的老家和工作地點在同一個市內，但除了藪入日[84]外，一概不能隨便返家。

「我想，今晚老爺是不會來了，妳要是想回家的話，可以回家住一晚。」阿玉又講了一次。

「真的可以嗎？」阿梅不是因為懷疑才反問，而是感受到這無上的恩情，才有此一問。

「我怎麼可能騙妳。我不會做這麼罪過的事來耍弄妳。餐具妳可以不必收，現在就馬上回家吧。今天就好好在家玩，並住上一晚。不過明天要早點回來哦。」

---

84 藪入日：舊曆的一月十六日和七月十六日，夥計或僕人得以返家探親的日子。

「是。」阿梅如此應道，因開心而脹紅了臉。她的父親是車夫，所以總是擺了兩、三輛人力車在門口土間，並在衣櫃與箱型火盆間的狹窄空間鋪上一小塊座墊。父親沒出外工作時都坐在那裡，而父親外出時，則換母親坐在那個位置。她的鬢髮總是垂掛在單邊臉頰上，束衣袖帶鮮少從肩上拆下，這些畫面以飛快的速度轉換，像皮影戲般在她小小的腦袋中一一浮現。

由於已用完餐，阿梅收走餐盤。儘管阿玉說可以不必收拾，但她認為餐具還是得先洗好才行，於是裝了一桶熱水，洗起了茶碗和盤子，這時阿玉拿著紙包走來。「啊，妳果然還是收好了餐具。就洗這麼點東西，不費事，我來就行了。妳的頭髮昨晚才剛梳過，這樣就行了。快點去換衣服吧。妳完全沒任何伴手禮，就帶這個回去吧。」她將紙包遞給阿梅。裡頭包有外型像紙牌的藍色五十錢鈔票。

*

催促阿梅出門後，阿玉俐落地綁上束衣袖帶，將下襬塞進腰帶裡，前往廚房。接著像在做什麼有趣的事似的，開始洗起阿梅洗到一半的碗盤。這是她的拿手絕活，理應可以用阿梅望塵莫及的速度完美處理好這項工作的阿玉，今天卻像小孩子在把玩玩具般，慢慢清洗。她拿起一個盤子，整整五分鐘都沒離手。阿玉的臉龐充滿朝氣，閃耀著淡淡的紅光，望著空中。

極其樂觀的畫面在她腦中交錯。女人在下定決心之前，會百般猶豫，舉棋不定，令人不忍卒睹，可是一旦下定決心，就不會像男人一樣左顧右盼，宛如裝上眼罩的馬兒，只會勇往直前。儘管眼前有足以令深思熟慮的男人感到擔憂的障礙物阻擋，但女人完全不當一回事。敢做男人所不敢做的事，有時反而會意想不到的成功。阿玉想接近岡田，但要是有第三者在一旁觀看，她就會躊躇不前，倍感焦急。而自從今天早上末造前來，說他要去千葉後，她就像遇上順風的帆船般，拿定主意要一路前往對岸。所以她才會催促阿梅回家探親。礙事的末造到千葉外宿去了，女侍阿梅也回老家過夜。感覺從現在開始到隔天早上，她完全是自由之身，沒人在一旁礙事，這令阿玉感到無比愉悅。而且事情進行得如此順利，令她覺得這是可以輕易達成目標的前兆。今天岡田先生一定會從家門前走過。有時他甚至會一天往返兩次，所以就算一次沒遇上，也不可能兩次都沒遇上。今天不管付出什麼代價，都非得主動跟他開始才行。只要鼓起勇氣向他搭話，他一定會停下腳步。我現在已淪為一名身分低賤的小妾，丈夫還是個放高利貸的人，但與純真的少女時代相比，我既沒變醜，而且還變得更美。所幸經歷這些不堪的遭遇，我也逐漸明白怎樣才能討男人喜歡。照這樣來看，我應該不會是岡田先生討厭的女人。不，他絕對不會討厭我。如果他討厭我，應該就不會每次碰面都向我行禮問候。之前幫我殺蛇那件事也是，總不會是別人家發生那樣的事，他也出手幫忙吧？如果那件事不是發生在我家，他也許就會從旁路過，佯裝不知道。而且我對他是那麼朝思暮想，就算這份心意無法完全傳達，他應該也略微感受得到才對。別想太多，也許情況的發展會比想像中還要容易許多。當阿玉思索此事時，桶裡的熱水已完全冷卻，她卻一點都不覺得冷。

將餐盤收進碗櫃後，阿玉回到箱型火盆旁坐好，卻老是心神不寧，靜不下心來。她用火筷朝今天早上阿梅才剛篩乾淨的灰燼翻攪了兩、三下，接著突然起身，換上和服。她要前往位於同朋町的美髮店。平時到家裡替她梳頭的女子人很不錯，她跟阿玉說，哪天外出時，記得到店裡來梳頭，並說了店家的位置，不過阿玉從未去過。

貳拾貳

西洋的兒童讀本中，有個叫〈一根釘子〉的故事。內容我已不太記得，大致是說車輪的釘子脫落一根，一名坐在車上的農夫之子就此遇上各種難題。在我說的這個故事中，味噌燉鯖魚正好發揮了一根釘子的效果。

在我以租屋處和學校宿舍的「伙食」來填飽肚子的那段日子，有些菜吃得我渾身發毛。不論是在通風多好的包廂，擺在多麼乾淨的餐盤上，只要一看到那道菜，我的鼻子便會聞到學校宿舍食堂那難以形容的臭味。燉魚加上羊栖菜和相良麩，就會引發這種嗅覺的幻覺，而味噌燉鯖魚更是將它發揮到了極致。

某天，上條的晚餐餐盤裡就出現了這道味噌燉鯖魚。向來只要飯一端上桌便馬上舉筷開動的我，這時卻面露躊躇之色。

女侍望著我的神情問道：「你討厭鯖魚嗎？」

「我並不討厭鯖魚。如果是烤鯖魚我也吃，不過，味噌燉鯖魚我實在不敢吃。」

「哎呀，房東太太不知道這件事。這樣的話，我拿蛋來給您吃吧。」女侍如此說道，正準備站起身。

「等一下。我現在還不餓，先去散散步。妳隨便幫我跟房東太太說個藉口吧。千萬別說我對菜有意見。沒必要讓她替我操心。」我說。

「可是，這樣您也太可憐了吧。」

「說什麼傻話。」

我起身穿上裙褲，女侍則是將我的餐盤端往走廊。我朝隔壁房間叫喚。

「喂，岡田，你在嗎？」

「在啊。什麼事？」岡田以清楚的聲音回應。

「沒什麼事。我要出門散步，回程想繞去豐國屋一趟。你要一起去嗎？」

「那就走吧。正好我有話想跟你說。」

我拿起掛在釘子上的帽子戴上，和岡田一起離開上條。當時應該是下午四點多。我們也沒討論要往哪兒走，就這樣步出上條的格子門，兩人一同從門口往右轉。

正要走下無緣坡時，我用手肘撞了岡田一下說道：「喂，在耶。」

「什麼啊？」雖然岡田嘴巴上這麼說，但他明白我話中的含義，就此望向左側那戶有格子門的人家。

阿玉就站在家門前，雖然面容憔悴，卻是位美女。不過，年輕且健康的美女通常都很重打扮。雖然不清楚她今天到底是哪裡和平時不一樣，但總覺得有一種異於平時的美。她的臉顯得光彩奪目，我從中感受到一股耀眼光輝。

阿玉一臉陶醉地向岡田投注目光。岡田急忙摘帽行禮，無意識地加快腳步。

我以第三者慣有的放肆態度，頻頻回身往後望，發現阿玉仍持續凝望此處良久。

岡田低著頭走下坡道，完全不放慢速度，我也默默跟在他身後。許多種情感在我心中交戰，當中主要的情感，是想讓自己置身在岡田的立場，但潛意識裡又很排斥認同這點。我心底吶喊著：「搞什麼，我是這麼卑鄙的男人嗎！」極力想消除這種想法。可惜對於這種抑制的念頭無法奏效，令我深感憤怒。我想讓自己置身在岡田的立場，並非說我想接受那名女子的誘惑。其實我只是覺得，如果自己能像岡田一樣，受這樣的美人愛慕，想必是快樂似神仙。如果受人愛慕，我又會怎麼做呢？關於這點，我想保留想法的自由性。我不會像岡田這樣逃避，而是會和對方當面聊聊。當然我會保持自己的清白之身，就只是和她聊聊，然後當作自己妹妹一樣疼愛她，盡己所能地幫助她，救她脫離汙泥。我腦中的想像，最後做出這種無厘頭的結論。

我和岡田默默地走著，來到坡道下方的十字路口。當我們直直走過派出所前方時，我好不容易才開口說話：「喂，現在情況很不尋常呢。」

「咦，哪裡不尋常？」

「還問呢。你剛才一定也是邊走邊想著那個女人的事。我不時回頭看，發現她一直望著你的背影，可能至今仍站在原地望著我們這個方向。這正是《左傳》裡提到的『目逆送之』[85]。只是反過來，變成女人望著男人。」

「這件事就別再提了。因為整件事的經過，我只跟你一個人說，所以就別再欺負我了。」

說著說著，兩人來到池畔，就此駐足。

「到那邊走走吧。」岡田指著池子北方。

「嗯。」我應了一聲，沿著池子繞往左方。走了約十步遠，我望向左手邊一整排的兩層樓住家，自言自語道：「這裡是櫻痴老師[86]和末造的宅邸。」

「好奇怪的對照，不過，櫻痴居士為人也不太廉潔吧。」岡田說。

我也沒細想，便直接提出反駁：「當上政治人物後，不管怎麼做，都還是會被人挑剔。」我可能是想要盡可能拉大福地先生和末造之間的差距吧。

從福地宅邸的木板圍牆邊往北隔兩、三間的一戶小屋，最近掛上「河魚」的招牌。我看了之後說道：「一看到這個招牌，感覺就像是用不忍池裡的魚給人吃似的。」

「我也這麼認為。不過，這總不會是梁山泊好漢開的店吧。」

我們聊著這件事，走過通往池子北方的小橋。這時，有位學生模樣的青年站在岸上不知道在看什麼。他一見我們兩人走近，朝我問候一聲。此人姓石原，平時只勤練柔術，學科以外的書一概不碰，所以跟我和岡田都不熟，但他並不討人厭。

「你站在這裡看什麼？」我問。

石原不發一語地指著池子。岡田和我隔著灰濛濛的黃昏空氣，望向他手指的方位。當時從通往根津的小水溝到我們三人所站的池邊，長滿整片蘆葦。蘆葦枯葉越往池子中心走就越顯稀疏，只有枯萎的蓮花那宛如破布的葉子，以及模樣像

85 《左傳》原文為：「鄭伯拜盟。宋華父督見孔父之妻於路，目逆而送之，曰：『美而豔。』」

86 即前面提到的福地源一郎。

海綿般的蓮蓬散布其間，葉子和蓮蓬的長莖斷折，長短不一，形成聳立的銳角，為這裡的景致增添幾許荒涼之色。約莫十隻野雁悠游於折射出微光的黝黑水面上，穿梭於深褐色的長莖間，有的雁靜止不動。

「石頭丟得到那裡嗎？」石原望著岡田問道。

「是丟得到，不過能否擊中還是個問題。」岡田應道。

「你丟丟看。」

岡田為之躊躇。「牠應該是在睡覺吧。朝牠丟石頭，未免太可憐了。」

石原笑了，「像你這麼憐憫萬物，那可真令人傷腦筋呢。你不丟的話，我來丟。」

岡田意興闌珊地撿起石頭。「既然這樣，我來趕跑牠吧。」石頭微微發出「咻」的一聲，破空而去。我靜靜望向它的行進方向，發現有一隻原本抬著頭的野雁，突然脖子垂落。與此同時，有兩、三隻野雁放聲鳴叫，並振動翅膀，在水面上滑行散去，但都沒飛離水面。垂著脖子的野雁一動也不動的待在原地。

「擊中了！」石原說。他朝池面望了半晌，接著說道：「我去取那隻野雁回來，你們幫我忙。」

「怎麼取？」岡田問。我不禁也豎起耳朵細聽。

「現在時機還不妥。再過三十分鐘，天色就暗了。只要天色一暗，我就能輕鬆取得。你們可以不必出手幫忙，不過到時候請務必在場，我說怎麼做，你們照做即可。到時候我會請你們吃雁肉大餐。」石原說。

「有意思。」岡田說：「不過接下來這三十分鐘的時間，我們要做什麼好？」

「我會在這一帶閒逛。你們就找個地方去吧。三個人同時在這裡會引人注意。」

我對岡田說：「既然這樣，我們就去繞池子一圈吧。」

「好啊。」岡田馬上邁步前行。

貳拾參

我和岡田一起橫越花園町的一角，往東照宮的石階而去。我們兩人之間一時沒任何交談。「就是會有不幸的雁。」岡田自言自語似的說道。此時我腦海中的畫面，在毫無任何邏輯關聯的情況下，突然浮現那名住在無緣坡的女子。接著岡田改為對我說：「我就只是瞄準野雁所在的地方丟去。」「嗯，」我如此回應，但腦中仍想著那個女人的事，過了一會兒後，我才又接著說道，「不過，我想看看石原如何取回那隻野雁。」這次換岡田應了聲「嗯」，若有所思地走著。他應該是很在意野雁的事吧。

我們往南走，行經石階底下，朝弁財天神社的方向而去，野雁死亡的暗影皆深印在我們彼此心中，交談變得有一搭沒一搭。行經弁財天的鳥居前方時，岡田似乎刻意想將思緒轉往其他方向，他開口道：「我有件事要跟你說。」然後告訴我一件意想不到的事。

這件事情如下。岡田本想今晚到我房間說這件事，但剛好我開口邀約，便和我一起外出。原本是打算出門一起用餐時再說，看來也是辦不到了。於是他決定邊走邊簡單扼要地告訴我。岡田決定在畢業前先出國留學，他已從外務省取得護照，也向大學提出了休學申請。因為來日本研究東洋風土病的德國W教授，願意支付四千馬克的來回旅費，並用兩百馬克的月薪雇用岡田。對方要求在會說德語的學生中，找一位能輕鬆解讀漢文的人選，於是貝爾茨[87]推薦岡田。岡田在築地拜訪W教授，並接受測驗。對方從《素問》[88]和《難經》[89]中各挑兩、三行，

---

87 貝爾茨：埃爾溫．貝爾茨（Erwinron Bälz，一八四九－一九一三）是明治時期東京醫學校（現在的東京大學醫學部）的德國籍講師，曾獲頒旭日大綬章，以表揚其對醫學的貢獻。

88 《素問》：現存最早的中醫理論著作，記載黃帝與岐伯的對話，大約成書於戰國時期。

89 《難經》：即中國古代醫學著作《黃帝八十一難經》，成書年份不詳，推測應於戰國時期楚懷王之前。

從《傷寒論》[90]和《諸病源候論》[91]中各挑五、六行，要他翻譯。《難經》偏偏是選中「三焦」中的一節，他原本不知該如何翻譯才好，最後音譯成「chiao」。總之，他最後通過測驗，馬上簽訂合約。W教授和貝爾茨教授同屬萊比錫大學的教授，他會帶岡田前往萊比錫大學，至於博士資格考，W教授會負責指導。還說畢業論文可以使用他為W教授翻譯的東洋文獻。岡田明天便會離開上條，搬往W教授位於築地的住處，替W教授在中國和日本收購的書籍打包。然後跟著W教授到九州視察，再從九州搭乘法蘭西火輪船公司的輪船。

我不時停下腳步說道「太叫人吃驚了」、「你也太果決了吧」，原本打算要慢慢走，聽他細說此事，但聽完之後低頭看表，發現我們和石原分頭而行之後，只過了十分鐘。整座池子外圍也走了三分之二，即將遠離仲町後方的池之端。

「就這樣過去的話，太早了點。」我說。

「我們到蓮玉去吃碗蕎麥麵吧。」岡田如此提議。

我馬上同意，一同折返走向蓮玉庵。這是當時下谷到本鄉一帶最有名氣的蕎麥麵店。

岡田邊吃蕎麥麵邊說：「好不容易一路念到現在，沒畢業覺得很遺憾，但沒能成為公費留學生的我要是錯過這次的機會，就再也沒機會親眼見識什麼是歐洲了。」

「就是說啊。別錯失機會。畢業又怎樣？只要在那邊得到博士學位，還不是一樣。就算沒得到博士學位，同樣沒什麼好擔憂的。」

「我也是這麼想。就只是取得一個資格。『未能免俗，聊復爾耳[92]』。」

「準備得怎樣了？看來行程相當匆忙呢。」

「沒什麼。我直接就這樣過去。W教授說，就算在日本準備好西服，在那邊

90 《傷寒論》：東漢張仲景所著《傷寒雜病論》，是中醫學之內科經典，但原書難以復原，後世分為《傷寒論》與《金匱要略》兩部著作流傳。

91 《諸病源候論》：中國古代醫學著作，由隋代太醫博士巢元方等人所著。

92 聊復爾耳：意指「姑且如此罷了」，語出《晉書．卷四十九．阮籍傳》。

也不能穿。」

「會嗎？我曾在《花月新誌》上看過，成島柳北[93]也曾在橫濱突然一時興起，馬上下定決心，坐上船。」

「嗯。那篇文章我也看過。柳北甚至沒給家裡寫信就出發了，不過我已詳細跟家人報備過了。」

「這樣啊。真令人羨慕。你是跟著W教授前去，應該不會在半路上感到徬徨無措，不知道會是怎樣的一趟旅程。我實在無法想像。」

「我也不知道。不過昨天遇見柴田承桂[94]先生，他過去對我多所關照，所以我告訴他這件事，他聽了之後，馬上給了我一本老師寫的《留學指南》。」

「哦，有這種書？」

「嗯，是非賣品。聽說都會發給第一次出洋留學的土包子。」

聊著聊著，我望向手表，發現再過五分鐘就要滿三十分鐘了。我和岡田急忙離開蓮玉庵，前往石原等候的地方。池子已被暗夜封鎖，弁財天神社塗著朱漆的祠堂，在霧靄中顯得朦朧。

早已在此等候的石原，拉著我和岡田來到池畔說道：「這個時間剛剛好。平安無事的野雁都換地方歇息去了。我馬上就著手處理。你們必須待在這裡向我發號施令。看好了，前方五、六公尺遠處，有個往右彎折的蓮莖。從那裡延伸下去，有個往左彎折的矮莖。我必須順著這條延長線往前走。要是我即將走偏，你們就得叫我往右或往左，替我修正。」

「原來如此。這是類似視差的一種原理對吧。不過，這水不會太深吧？」岡田說。

「放心。不必擔心腳搆不到地。」石原如此應道，迅速脫光衣服。

---

93 成島柳北（一八三七—一八八四）：原為幕末時的官員，明治維新之後改當新聞記者，發行過《柳橋新誌》。

94 柴田承桂（一八五〇—一九一〇）：明治時期的藥學博士，是東京醫學校製藥學科的第一任教授。

石原踩踏的地方，泥巴還不到他的膝蓋。他像鷺鷥般抬起腳，往前跨步，緩緩前進。才剛變深些許，接著又變淺。眼看他已來到那兩根蓮莖前方。過了一會兒，岡田喊了一聲「右」。石原改往右走。接著岡田又喊了聲「左」。因為石原往右走過頭了。石原馬上停下腳步，蹲下身子，接著馬上往回折返。當他行經遠方的蓮莖那一帶時，可以望見他右手已拎著戰利品。

石原的大腿有一半沾滿了汙泥，就此抵達岸上。他手中的戰利品，是一隻大得超乎預期的野雁。石原大致洗淨腳後，穿上衣服。當時這一帶沒什麼人通行，從石原走進池中到他重回岸上這段時間，沒有任何人路過。

「要怎麼帶走？」我如此詢問。

石原邊穿上裙褲，邊回答道：「岡田的外套最大，就裝在他的外套底下帶回去。到我住的地方烹煮。」

石原向一戶普通人家租屋。屋主是位老太太，她的唯一優點，就是心腸不太好，看來，只要把這戰利品分一些給她，就能堵住她的嘴。石原住的地方位於湯島切通通往岩崎宅邸後方、一個蜿蜒的小巷深處。石原簡短地向我們說明帶野雁前往的路線。要從這裡前往石原的住處，有兩條路可選：一條是從南邊行經切通，一條是從北邊行經無緣坡，這兩條路都以岩崎宅邸為中心，形成一個圓。兩條路的路程相差不大，而在這種情況下，也不會在意這個問題。眼前出現的阻礙，就是派出所，兩條路都各有一個派出所。權衡利害得失後，最後得到的結論是避開熱鬧的切通，改走冷清的無緣坡。野雁就由岡田藏在外套底下，其他兩人分別站在左右兩側掩護岡田，這是最好的作法。

岡田雖然面露苦笑，卻仍拿著那隻野雁。不管怎麼拿，都還會從外套下襬露出兩三寸長的羽毛，而且外套下襬被撐開來，模樣甚是難看，岡田整個人成了圓錐形。石原和我勢必得讓他別太顯眼。

貳拾肆

「來吧，就這樣走。」石原和我左右包夾岡田，邁步而行。打從一開始，我們三人最擔心的就屬位在無緣坡下方十字路口的派出所了。石原頻頻向我們說明要從派出所前面通過時的注意事項。單就我聽懂的部分來說，意思好像是內心要堅定不移，若內心動搖便會露出破綻，一旦露出破綻就會遭人乘虛而入。石原還以老虎不吃醉鬼當譬喻。看來他這番說明，是從他柔術老師那裡聽聞的，如今拿來現學現賣。

「這麼說來，巡警是老虎，我們三人是醜鬼嘍。」岡田調侃道。

「安靜！」石原叫道。因為已經很接近轉向無緣坡的轉角處。

只要繞過這處轉角，便是背對茅町的町家以及池邊房子的小巷，當時兩側擺放了拖車以及其他東西。從轉角的位置便能看見站在十字路口的巡警。

緊靠在岡田左側行走的石原，突然對岡田說道：「你知道算出圓錐立方體的公式嗎？什麼，不知道啊。那其實很簡單。是底面積乘高，再乘以三分之一，如果底面積是圓的話，它的立方體就是$\frac{1}{3}r^2\pi h$。如果記得$\pi=3.1416$，就可以輕鬆算出。我甚至記得π的小數點下第八位。$\pi=3.14159265$。其實再下去的數字根本就不需要。」

當他在講這件事情時，我們三人已走過十字路口。巡警站在我們通過的小巷左側派出所前，望著行經茅町朝根津方向而去的人力車，只對我們投以無意義的一瞥。

「你怎麼就計算起圓錐的立方體了呢。」我對石原說道，同時發現在坡道中央站著的那名女子正望著我們，我心中產生一股異樣的激動感。我從池子北邊折返回來的路上，腦中想的不是派出所巡警，而是她的事。雖然不知道是為什麼，但我總覺得她是在這裡等候岡田。我的想像果然沒欺騙我，女子走出自己家門，到隔兩、三間屋子遠的前方相迎。

我小心不讓石原發現，來回打量女子和岡田臉上的神情。岡田那向來泛紅的臉龐，此時確實變得更紅了。他假裝是湊巧碰了一下帽子，手扶著帽簷。女子的臉色凝重如石，柔美的雙眸底下似乎滿是惋惜。

這時石原回答我的話，只有聲音傳進耳朵，含義卻未傳進我心中。他應該是在向我解釋，說那是因為岡田的外套下襬鼓脹，看起來像圓錐形，所以才突然想到，隨口說出圓錐立方體的事。

石原也望了那名女子一眼，但就只是覺得她是位美女，似乎沒放在心上，仍兀自聊個不停。「雖然我已告訴你們臨危不亂的祕訣，但你們的修為不夠，恐怕臨場時無法辦到。於是我才想辦法轉移你們的注意力。其實要出什麼問題都行，而在剛才的情況下，我就順口提出了圓錐公式的問題。總之，我想出的辦法很好。託圓錐公式的福，你們才得以保持自然的態度，從巡警面前走過。」

三人抵達岩崎宅邸，轉向東方。走進一處連單人坐的人力車也無法會車的小巷，現在可說已不會有任何危險了。石原離開岡田身邊，走在前方帶路。我又轉頭望了一眼，但已不見那名女子的蹤影。

＊

那天晚上，我和岡田都在石原的住處待到深夜。以野雁當下酒菜，陪石原喝酒聊天。岡田對於自己要出國留學的事隻字未提，所以雖然我有很多話想說，但還是都忍了下來，在一旁聆聽石原和岡田交換彼此划船的經驗談。

返回上條時，我因為酒醉和疲累，沒能和岡田交談，便各自就寢。隔天從大學返回一看，岡田已不在了。

就像因為一根釘子而引發大事般，由於燉煮鯖魚這道菜上了上條的晚餐桌，使得岡田和阿玉永遠無法相見。不僅如此，還有更進一步的發展，不過這就不屬於〈雁〉這個故事的範疇了。

我現在寫的這個故事，屈指一算，距今已足足有三十五個年頭了。故事當中的一半，是我與岡田往來時親眼所見，另一半則是岡田離去後，意外與阿玉認識所聽聞。就像將擺在鏡子底下的左右兩張圖當作是同一個影像來看待般，把之前所見之事與之後聽聞之事做一番對照，便寫出了這個故事。讀者或許會問我：「你和阿玉是怎麼認識的，又是在什麼情況下聽聞此事？」但就像我前面所說的，這個答案同樣也不屬於這個故事的範疇。要成為阿玉的情人所需要的條件，我並不具備，這點毋需多說，所以各位讀者也不必做無謂的臆測。

森鷗外年表

一八六二年	出生	二月十七日出生於石見國（現在的島根縣），本名森林太郎。森家歷代皆為津和野藩藩主專屬的醫生，長男森鷗外的出生備受重視。
一八六九年	七歲	進入藩校「養老館」就讀，熟讀四書和五經。
一八七二年	十歲	明治政府「廢藩置縣」政策的影響下，隨父親前往東京。十月，進入私塾「進文學舍」就讀，學習德語。
一八七三年	十一歲	十一月，接受第一大學區醫學校（現在的東京大學醫學部）預備學校的入學考試，隔年一月入學。
一八八一年	十九歲	七月，自東京大學醫學部畢業。十二月，在同期生小池正直的推薦下前往東京陸軍醫院就職，擔任陸軍軍醫副。
一八八四年	二十二歲	六月，為了研究德意志帝國陸軍的衛生制度和衛生學，赴德國留學。八月，從橫濱港口出發。十月，抵達法國馬賽，數天後抵達柏林，在萊比錫大學進行研究。
一八八五年	二十三歲	一月，翻譯威廉．豪夫（Wilhelm Hauff）的童話〈俠盜行〉並發表。五月，升任陸軍一等軍醫。十月，前往德勒斯登，主要參與軍醫學的講習，僅滯留五個月左右。十二月，造訪哲學家井上哲次郎，在井上的勸説下決定進行《浮士德》的翻譯。
一八八六年	二十四歲	三月，移居慕尼黑，在慕尼黑大學師事佩騰科夫（Pettenkofer, Max Josef von）。
一八八七年	二十五歲	四月，移居柏林，與北里柴三郎前往拜見柯霍（Heinrich Hermann Robert Koch）。
一八八八年	二十六歲	九月，歸國，任職陸軍軍醫學舍教官。十一月，任職陸軍大學校教官候補。
一八八九年	二十七歲	一月，擔任《東京醫事新誌》主編。三月，和赤松登志子結婚。七月，擔任東京美術學校美術解剖學講師。八月，與落合直文等人合譯的歐洲詩人合集《於母影》發表於《國民之友》雜誌。十月，《柵草紙》文藝雜誌創刊。
一八九〇年	二十八歲	一月，短篇小説〈舞姬〉刊載於《國民之友》雜誌。八月，短篇小説〈泡沫記〉刊載於《柵草紙》雜誌。九月，長男森於菟誕生；任職東京專門學校的科外講師。十月，與登志子離婚。

一八九一年	二十九歲	二月，任職東京美術學校美術解剖學特約講師。八月，取得醫學博士學位。九月，與坪內逍遙針對「文學創作上是否該排除作者主觀意識」，於《早稻田文學》、《柵草紙》兩本雜誌上進行文學辯論，後世稱之「逍鷗論爭」或「沒理想論爭」。
一八九二年	三十歲	七月，作品集《水沫集》發行，除了短篇小説〈舞姬〉、〈泡沫記〉以外，也收錄翻譯詩及翻譯小説，是奠定森鷗外文壇聲望的重要著作。十一月，著手翻譯安徒生的《即興詩人》，連載於《柵草紙》，至一九〇一年完結。
一八九四年	三十二歲	七月，甲午戰爭爆發，以第二軍兵站軍醫部長的身分從軍。九月，從廣島的宇品港出發。十一月，抵達中國大連。
一八九五年	三十三歲	四月，甲午戰爭結束，中日簽訂《馬關條約》。五月，任命為台灣總督府陸軍局軍醫部長，調任至台灣。十月，回到東京。
一八九六年	三十四歲	一月，《柵草紙》因甲午戰爭休刊，重新創立雜誌《目不醉草》，收錄當時文壇名家的作品。其中最著名的是與幸田露伴、齋藤綠雨合撰的作品合評《三人冗談》。四月，父親森靜泰去世。
一八九八年	三十六歲	十月，任命為近衛師團軍醫部長兼軍醫學校校長。
一八九九年	三十七歲	六月，任命為第十二師團軍醫部長，前往小倉。
一九〇〇年	三十八歲	一月，前妻登志子因肺結核逝世。
一九〇二年	四十歲	一月，與荒木茂再婚。三月，任命為第一師團軍醫部長，調回到東京。六月，《目不醉草》休刊，與上田敏主編的《藝苑》合併後創立新雜誌《藝文》，不久也因出版社問題而休止。十月，文藝雜誌《萬年艸》創刊。
一九〇三年	四十一歲	一月，長女森茉莉誕生。
一九〇四年	四十二歲	二月，日俄戰爭爆發，以第二軍軍醫部長的身分從軍，軍中創作的詩歌後來收錄於詩集《歌日記》。
一九〇五年	四十三歲	五月，日俄戰爭結束。
一九〇六年	四十四歲	九月，以山縣有朋為中心，與賀谷鶴所一同舉辦歌會「常磐會」。七月，祖母森清子逝世。

一九〇七年	四十五歲	三月，和與謝野寬、伊藤左千夫、佐佐木信綱等人舉辦「觀潮樓歌會」。八月，次男森不律誕生。九月，日俄戰爭從軍時期撰寫的詩歌《歌日記》出版。十月，任職陸軍軍醫總監。
一九〇八年	四十六歲	一月，弟弟森篤次郎逝世。二月，次男森不律早夭逝世。五月，次女森杏奴誕生。
一九〇九年	四十七歲	一月，雜誌《昴》創刊。三月，發表短篇小說〈半日〉。七月，發表短篇小說〈性欲的生活〉；取得東京帝國大學文學博士學位。
一九一〇年	四十八歲	二月，擔任慶應大學文學科顧問。三月，小說〈青年〉連載於《昴》，至隔年八月完結。五月，在慶應大學幹事石田新太郎的主導下，與上田敏、永井荷風等人創辦《三田文學》。
一九一一年	四十九歲	二月，三男森類誕生。五月，擔任文藝委員會委員。九月，長篇小說〈雁〉連載於《昴》，至一九一三年五月完結。十月，小說〈灰燼〉連載於《三田文學》，隔年十二月中斷。
一九一二年	五十歲	一月，完成文藝委員會委託翻譯的《浮士德》。七月，明治天皇逝世。九月，乃木希典夫婦於明治天皇出殯當晚雙雙殉死。十月，於《中央公論》發表〈興津彌五右衛門的遺書〉，此作是森鷗外在乃木希典殉死的衝擊下所寫，並以此開始投入歷史小說創作。
一九一三年	五十一歲	一月，於《中央公論》發表〈阿部一族〉。
一九一四年	五十二歲	一月，於《中央公論》發表〈大鹽平八郎〉。二月，於《新小說》發表〈堺事件〉。
一九一五年	五十三歲	一月，於《中央公論》發表〈山椒大夫〉。五月，《雁》出版。七月，於《中央公論》發表〈魚玄機〉。九月，於《新小說》發表〈老爺爺老奶奶〉。十月，於《中央公論》發表〈最後一句話〉。
一九一六年	五十四歲	一月，於《中央公論》發表〈高瀨舟〉；於《新小說》發表〈寒山拾得〉；於《東京日日新聞》、《大阪每日新聞》連載〈澀江抽齋〉至五月。三月，母親森峰子逝世。四月，辭去陸軍省醫務局局長職位，從陸軍退役。六月，於《東京日日新聞》、《大阪每日新聞》連載〈伊澤蘭軒〉，至隔年九月。
一九一七年	五十五歲	十月，於《東京日日新聞》、《大阪每日新聞》連載〈北条霞亭〉至十二月中止。十二月，就任帝室博物館總長。
一九一八年	五十六歲	九月，就任帝國美術院（現在的日本藝術院）第一任院長。
一九二〇年	五十八歲	一月，因腎臟炎臥病在床。
一九二二年	六十歲	六月，診斷出腎萎縮與肺結核。七月九日，在家人與好友賀古鶴所的陪伴下病逝。

日本近代文學大事記

一八八五年	明治十八年	四月，坪內逍遙的文學論述《小說神髓》出版，講述近代小說的理論與方法，提出寫實主義，影響了之後的日本近代文學。 五月，尾崎紅葉、山田美妙、石橋思案、丸岡九華等人成立文學團體硯友社，推崇寫實主義，創刊日本近代第一本文藝雜誌《我樂多文庫》。
一八八六年	明治十九年	四月，二葉亭四迷發表文學理論〈小說總論〉，補充了《小說神髓》的不足之處，兩者皆為對於日本近代小說的重要評論。 七月，谷崎潤一郎出生於東京市（現東京都）。
一八八七年	明治二十年	六月，二葉亭四迷發表長篇小說〈浮雲〉，此作以言文一致的筆法寫成，宣告日本近代文學開始。
一八八八年	明治二十一年	十二月，菊池寬出生於香川縣。
一八八九年	明治二十二年	一月，饗庭篁村、山田美妙等十四名文學同好共同編輯文藝雜誌《新小說》。同月，夏目漱石初識正岡子規，開始進行創作。 四月，尾崎紅葉出版《二人比丘尼色懺悔》，登上硯友社主導地位。 五月，夏目漱石於評論子規《七草集》時首次使用漱石的筆名。 九月，幸田露伴的小說《風流佛》出版。明治二十年代，幸田露伴與尾崎紅葉並列為兩大代表作家，文壇稱作「紅露」。 十一月，泉鏡花入尾崎紅葉門下。
一八九〇年	明治二十三年	一月，森鷗外發表短篇小說〈舞姬〉，對之後浪漫主義文學的形成有極大影響。
一八九二年	明治二十五年	三月，芥川龍之介出生於東京市（現東京都）。
一八九三年	明治二十六年	一月，島崎藤村與北村透谷創刊文學雜誌《文學界》，以浪漫主義為主，對抗當時主導文壇的硯友社。

一八九四年	明治二十七年	八月，甲午戰爭爆發。 十二月，樋口一葉接連創作出〈大年夜〉、〈濁流〉、〈青梅竹馬〉、〈岔路〉和〈十三夜〉等，轟動文壇。此時至一八九六年一月，後世評論者稱之為「奇蹟的十四個月」。
一八九五年	明治二十八年	一月，學術藝文雜誌《帝國文學》創刊。 四月，甲午戰爭結束。 六月，泉鏡花於純文學雜誌《文藝倶樂部》發表短篇小說〈外科室〉，帶起甲午戰爭後的觀念小說風潮。 十二月，金子光晴出生於愛知。
一八九六年	明治二十九年	一月，森鷗外、幸田露伴、齋藤綠雨創辦雜誌《醒草》，提倡近代詩歌、戲劇的改良。 十一月，樋口一葉逝世。
一八九八年	明治三十一年	一月，國木田獨步於雜誌《國民之友》發表小說〈武藏野〉，以浪漫派作家身分展開創作生涯。 三月，橫光利一出生於福島。 十二月，黑島傳治出生於香川縣。
一八九九年	明治三十二年	五月，壺井榮出生於香川縣。 六月，川端康成出生於大阪市。
一九〇〇年	明治三十三年	四月，與謝野鐵幹和與謝野晶子創立《明星》詩刊，傳承浪漫派精神。
一九〇三年	明治三十六年	三月，國木田獨步發表小說〈命運論者〉，此作與十月發表的小說〈老實人〉筆法轉向寫實，為開啟自然主義派先鋒之作。 十月，尾崎紅葉逝世。 十二月，小林多喜二出生於秋田縣。
一九〇四年	明治三十七年	二月，日俄戰爭爆發。
一九〇五年	明治三十八年	一月，夏目漱石於《杜鵑》發表〈我是貓〉，大獲好評。 七月，蒲原有明發表詩集《春鳥集》，引領日本現代詩的象徵主義。同月，石川達三出生於秋田縣。 九月，日俄戰爭結束。
一九〇六年	明治三十九年	三月，島崎藤村自費出版小說《破戒》。此作與夏目漱石的〈我是貓〉並譽為二十世紀初寫實主義的雙璧。 十月，坂口安吾出生於新潟縣。

一九〇七年	明治四十年	一月，在森鷗外的支持下，上田敏等人成立文藝雜誌《昴星》，標誌著新浪漫主義的衍生。 九月，田山花袋於雜誌《新小說》發表小說〈棉被〉，為自然主義的先驅，也是私小說的起點之作。 十月，小山內薰創刊《新思潮》雜誌，引介歐美戲劇以及文藝動向，隔年三月停刊。
一九〇八年	明治四十一年	六月，國木田獨步逝世。
一九〇九年	明治四十二年	三月，大岡昇平出生於東京市（現東京都）。 五月，二葉亭四迷逝世。 六月，太宰治出生於青森縣。
一九一〇年	明治四十三年	四月，志賀直哉、武者小路實篤、有島武郎、有島生馬創刊《白樺》雜誌，提倡新理想主義和人道主義。 五月，永井荷風創辦雜誌《三田文學》。 六月，社會主義者策畫暗殺明治天皇，政府大肆搜捕社會主義者和無政府主義者，史稱「大逆事件」。幸德秋水與同夥遭逮捕審判，翌年判處死刑。 九月，以小山內薰為首，集結谷崎潤一郎、和辻哲郎、後藤末雄等人第二次創立《新思潮》雜誌。 十月，山田美妙逝世。
一九一二年	大正元年	一月，德田秋聲的《黴》出版單行本，獲得空前的評價。一九一〇年發表的小說《足跡》也趁勢出版。兩部作品令德田秋聲奠定自然主義的地位。
一九一四年	大正三年	二月，山本有三、豐島與志雄、久米正雄、芥川龍之介、松岡讓、菊池寬等人第三次創立《新思潮》雜誌。久米正雄發表〈牛奶場的兄弟〉，豐島與志雄發表〈湖水與他們〉，皆為新思潮派的代表作。 七月，第一次世界大戰爆發。
一九一五年	大正四年	十月，芥川龍之介於雜誌《帝國文學》發表〈羅生門〉。在松岡讓的介紹下入夏目漱石門下。
一九一六年	大正五年	二月，菊池寬、芥川龍之介、久米正雄、松岡讓和成瀨正一等人第四次創立《新思潮》雜誌。芥川龍之介的短篇小說〈鼻〉受到夏目漱石激賞。 十二月，夏目漱石逝世。
一九一七年	大正六年	二月，萩原朔太郎自費出版第一本詩集《吠月》，獲得森鷗外讚賞，開拓象徵詩派的新領域。

一九一八年	大正七年	十一月，第一次世界大戰結束。同月，武者小路實篤於宮崎縣木城村發起「新村運動」，建立勞動互助的農村生活，實踐其奉行的人道主義。
一九二一年	大正十年	一月，志賀直哉開始於《改造》雜誌連載小說〈暗夜行路〉。 二月，小牧近江、今野賢三、金子洋文創刊雜誌《播種人》，鼓吹擁護蘇俄的共產革命，劃下無產階級文學時代的開始。
一九二二年	大正十一年	菊池寬創刊《文藝春秋》，致力於培養年輕作家。
一九二三年	大正十二年	一月，菊池寬創立文藝春秋出版社。 九月，關東大地震後，政府趁動亂鎮壓左翼運動者，社會主義評論家大杉榮遭憲兵隊殺害，無產階級文學運動暫時受挫停擺。谷崎潤一郎舉家從東京遷移至京都。
一九二四年	大正十三年	六月，《播種人》改名《文藝戰線》復刊。 十月，橫光利一、川端康成、今東光、石濱金作、片岡鐵兵、中河與一等人創刊雜誌《文藝時代》，主張追求新的感覺。雜誌第一期揭載橫光利一的短篇小說〈頭與腹〉促成「新感覺派」的開始。
一九二五年	大正十四年	一月，三島由紀夫出生於東京市（現東京都）。 十二月，《文藝戰線》雜誌集結無產階級文學雜誌、學者，成立「日本無產階級文藝聯盟」，使無產階級文學得以迅速發展。
一九二六年	昭和元年	十一月，無產階級文學運動第一次內部分裂。「日本無產階級文藝聯盟」內部實行改組，改名為「日本無產階級藝術聯盟」。遭排除的非馬克思主義者另立「無產派文藝聯盟」，創立雜誌《解放》。
一九二七年	昭和二年	二月，芥川龍之介於文學講座上公開批評谷崎潤一郎的小說，展開一連串芥川與谷崎的小說藝術爭論。兩人於《改造》雜誌上撰文駁斥對方筆戰，直至七月芥川自殺。 五月，《文藝時代》宣布停刊。 六月，葉山嘉樹、林房雄、藏原惟人、黑島傳治、村山知義等人遭「日本無產階級藝術聯盟」剔除，另組「勞農藝術家同盟」。 十一月，藏原惟人退出「勞農藝術家同盟」，另組「前衛藝術家同盟」。

一九二八年	昭和三年	三月，藏原惟人為了讓無產階級文學運動者不再分裂對立，結合「日本無產階級藝術聯盟」、「日本無產階級藝術聯盟」、「勞農藝術家同盟」等團體組成「日本左翼文藝家」，之後誕生「全日本無產者藝術聯盟」。 五月，濟南事件。 六月，中村武羅夫公開發表評論〈是誰踐踏了花園！〉，公開抨擊無產階級文學。 十二月，「全日本無產者藝術聯盟」創立文藝雜誌《戰旗》，迎來無產階級文學的高峰。
一九二九年	昭和四年	三月，小林多喜二完成小說〈蟹工船〉，發表於《戰旗》雜誌。此作為無產階級文學的代表作，受到國際高度評價。 十月，橫光利一、川端康成、犬養健、堀辰雄等人創刊《文學》雜誌。 十二月，中村武羅夫、川端康成、龍膽寺雄、淺原六朗、嘉村礒多、久野豐彥、岡田三郎、飯島正、加藤武雄、權崎勤、尾崎士郎、佐佐木俊郎、翁久允等人組成「十三人俱樂部」，號稱「藝術派十字軍」。
一九三〇年	昭和五年	四月，以「十三人俱樂部」為中心，吸收其他現代主義派作家如舟橋聖一、阿部知二、井伏鱒二、雅川滉，成立「新興藝術派俱樂部」，公開反對馬克思主義，取代新感覺派成為文壇上最大宗的現代藝術派別。 七月，小林多喜二因〈蟹工船〉遭到當局以不敬罪起訴，遭捕入獄。 十一月，黑島傳治發表以濟南事件為題材的長篇小說《武裝的城市》，遭當局禁止發行。
一九三一年	昭和六年	十一月，「全日本無產者藝術聯盟」底下的專業同盟與其他無產階級文化團體合併為「日本無產階級文化聯盟」，創辦《無產階級文化》雜誌。
一九三二年	昭和七年	三月，保田與重郎創刊《我思故我在》，反對無產階級派和現代藝術派，主張回歸日本傳統，為「日本浪漫派」之前身。
一九三三年	昭和八年	二月，小林多喜二遭當局逮捕殺害。 五月，室生犀星、井伏鱒二等人成立「秋聲會」，島崎藤村並成立「德田秋聲後援會」鼓勵創作低迷的德田秋聲。 十月，小林秀雄、林房雄、武田麟太郎、川端康成、廣津和郎、深田久彌、宇野潔二等人重新創立新《文學界》雜誌。另一方面，舟橋勝一、阿部知二成立《行動》雜誌。 十二月，《無產階級文化》發行最後一期，隔年「日本無產階級文化聯盟」被迫解散。

一九三五年	昭和十年	二月，坪內逍遙逝世。同月，直木三十五逝世。 四月，菊池寬為紀念好友芥川龍之介與直木三十五，創立「芥川賞」與「直木賞」。前者為鼓勵純文學新人作家，後者則是給予大眾作家的榮譽肯定。第一屆芥川賞頒予石川達三的〈蒼氓〉，直木賞得獎作家為川口松太郎。
一九三六年	昭和十一年	二月，陸軍中「皇道派」的青年軍官率領數名士兵，刺殺「統制派」政府官員，包含兩任前首相，並且一度占領東京。後來遭到撲滅。此政變又稱「帝都不祥事件」。 三月，武田麟太郎、本庄陸男、平林彪吾等人創立《人民文庫》，獲得無產階級派作家的支持。另一方面，保田與重郎、神保光太郎、龜井勝一郎、中島榮次郎、中谷孝雄、緒方隆士等人創刊《日本浪漫派》雜誌，伊東靜雄、太宰治、檀一雄等人也加入其中。
一九三七年	昭和十二年	四月，永井荷風出版小說《墨東綺譚》，此作體現荷風小說的深沉內涵，也流露出對時局的消極反抗。 十二月，日軍占領中國南京。
一九三八年	昭和十三年	二月，菊池寬以促進文藝發展、表彰卓越作家為目的，成立日本文學振興會。 三月，石川達三目睹南京大屠殺慘況後，寫成小說《活著的士兵》，發表後遭當局判刑。
一九三九年	昭和十四年	九月，第二次世界大戰爆發。同月，泉鏡花逝世。
一九四一年	昭和十六年	十二月，太平洋戰爭爆發。
一九四三年	昭和十八年	八月，島崎藤村逝世。 十月，黑島傳治逝世。 十一月，德川秋聲逝世。
一九四五年	昭和二十年	八月，日本宣布無條件投降。 十二月，秋田雨雀、江口渙、藏原惟人、德永直、中野重治、藤森成吉、宮本百合子等戰爭期間遭受鎮壓的無產階級作家為中心，組成「新日本文學會」。
一九四六年	昭和二十一年	一月，荒正人、平野謙、本多秋五、植谷雄高、山室靜、佐佐木基一、小田切秀雄等人創刊《近代文學》，提倡藝術至上主義，邁開戰後文學第一步。 五月，太宰治在《東西》雜誌發表無賴派宣言：「我是自由人，我是無賴派。」無賴派因此得名。 六月，坂口安吾《墮落論》出版。 七月，谷崎潤一郎重新執筆因戰爭而停止連載的小說《細雪》，至隔年三月共完成三冊。

一九四七年	昭和二十二年	七月，太宰治於《新潮》雜誌連載小說〈斜陽〉，同年十二月出版。 十二月，橫光利一逝世。
一九四八年	昭和二十三年	五月，太宰治完成〈人間失格〉。此作與〈斜陽〉皆為無賴派體現於小說創作上的代表作。 六月，太宰治自殺。同月，菊池寬逝世。
一九五〇年	昭和二十五年	六月，韓戰爆發。
一九五一年	昭和二十六年	一月，大岡昇平於《展望》雜誌發表〈野火〉，隔年出版，成為戰爭文學代表作之一。
一九五二年	昭和二十七年	二月，壺井榮於基督教雜誌《*New Age*》連載小說《二十四隻瞳》，同年十二月出版。
一九五三年	昭和二十八年	七月，簽署停戰協定。韓戰結束。
一九五八年	昭和三十三年	一月，大江健三郎於《文學界》發表短篇小說〈飼育〉，同年獲得芥川賞，是當時有史以來最年經的受獎者。
一九五九年	昭和三十四年	四月，永井荷風逝世。
一九六五年	昭和四十年	七月，谷崎潤一郎逝世。
一九六八年	昭和四十三年	十月，川端康成以《雪國》、《千羽鶴》及《古都》等作品獲得諾貝爾文學獎，為歷史上首位獲獎的日本人。
一九七〇年	昭和四十五年	十一月，三島由紀夫發動政變失敗後自殺。
一九七一年	昭和四十六年	十月，志賀直哉逝世。
一九七二年	昭和四十七年	四月，川端康成逝世。

作者

森鷗外（一八六二—一九二二）

一八六二年出生於日本石見國（現在的島根縣），本名森林太郎。森鷗外為醫生世家的長孫，自幼年時期就接受漢學、蘭學教育，學齡前便熟讀四書五經，進私塾後開始學習德語。

森鷗外自東京大學醫學部畢業後便擔任軍醫，兩年後被陸軍選派赴德國留學，主要鑽研軍醫學及衛生學。留德期間他致力於醫學研究，課餘時間發展文學、哲學、藝術等愛好，尤其喜愛歌德、叔本華、惠特曼，並進行德文經典的翻譯工作和小說創作。以漢學為中心的傳統文化根基，加上薰陶於西方最先進科學與文化的留學經驗，形成他後來的創作性格。

歸國後，森鷗外於《國民之友》雜誌發表與落合直文等人合譯的歐洲詩人合集《於母影》；接著發表第一部小說〈舞姬〉，從此開啟文學生涯。〈舞姬〉是森鷗外深受西方浪漫主義與美學思想影響的代表作，連同後來的〈泡沫記〉、〈信使〉構成三部曲，是日本浪漫主義的先驅之作。三部曲之後，他採取寫實主義融合浪漫主義的手法，寫成〈雁〉。一九一二年，乃木希典夫婦為明治天皇殉死，森鷗外深受刺激，寫成以殉死為題材的歷史小說〈興津彌五右衛門的遺書〉，此後便轉向歷史小說創作。他以兩種方式處理歷史材料，一是徹底遵從史實，如：〈興津彌五右衛門的遺書〉、〈阿部一族〉；另一種則是脫離史實，主要目的為闡述個人理想，〈山椒大夫〉、〈高瀨舟〉即為此類作品。

森鷗外晚年擔任博物館總長、美術院院長。一九二二年七月九日，在家人與好友賀古鶴所的陪伴下病逝，享年六十歲。

譯者

高詹燦

日文譯者，輔仁大學日本語文學研究所畢業。翻譯資歷十九年，有一百五十多本文字書翻譯，三百多本漫畫翻譯。

個人翻譯網站：http://www.translate.url.tw

幡 002 **山椒大夫**

Sansho Dayu by Mori Ougai

作　　者	森鷗外
譯　　者	高詹燦
總 策 劃	楊　照
封面設計	王志弘
責任編輯	丁　寧
校　　對	呂佳真
國際版權	吳玲緯、蔡傳宜
行　　銷	艾青荷、蘇莞婷、黃家瑜
業　　務	李再星、陳玫潾、陳美燕、杻幸君
副總編輯	巫維珍
編輯總監	劉麗真
總 經 理	陳逸瑛
發 行 人	凃玉雲
出　　版	麥田出版 地址：10483台北市中山區民生東路二段141號5樓 電話：(02)2500-7696 傳真：(02)2500-1967
發　　行	英屬蓋曼群島商家庭傳媒股份有限公司城邦分公司 地址：10483台北市中山區民生東路二段141號11樓 網址：www.cite.com.tw 客服專線：(02)2500-7718｜2500-7719 24小時傳真專線：(02)-2500-1990｜2500-1991 服務時間：週一至週五09:30-12:00｜13:30-17:00 劃撥帳號：19863813 戶名：書虫股份有限公司 讀者服務信箱：service@readingclub.com.tw
香港發行所	城邦（香港）出版集團有限公司 地址：香港灣仔駱克道193號東超商業中心1樓 電話：+852-2508-6231 傳真：+852-2578-9337 電郵：hkcite@biznetvigator.com
馬新發行所	城邦（馬新）出版集團【Cite(M) Sdn. Bhd. (458372U)】 地址：41, Jalan Radin Anum, Bandar Baru Sri Petaling, 57000 Kuala Lumpur, Malaysia. 電話：+603-9057-8822 傳真：+603-9057-6622 電郵：cite@cite.com.my
麥田部落格	http://ryefield.pixnet.net
印　　刷	漾格科技股份有限公司
初　　版	2018年4月
售　　價	350元
I S B N	978-986-344-541-8

國家圖書館出版品預行編目(CIP)資料

山椒大夫／森鷗外作；高詹燦翻譯. -- 初版. -- 臺北市：麥田,
城邦文化出版：家庭傳媒城邦分公司發行, 民107.04
　面；　公分（幡 002）
譯自：山椒大夫
ISBN 978-986-344-541-8（平裝）
861.57　　　107002061

城邦讀書花園
www.cite.com.tw

Printed in Taiwan.